ARMANDO P. RIBAS

I0599265

ENTRE LA
LIBERTAD
Y LA
SERVIDUMBRE

STOCKCERO

Ribas, Armando P.

    Entre la libertad y la servidumbre.-

    1ª. ed.– Buenos Aires : Stock Cero, 2004.

    216 p. ; 23x15 cm.

    ISBN 987-1136-04-8

1. Ensayo Filosófico-Político I. Título

CDD 320.1

Copyright © Stockcero 2004

1º edición: 2004
Stockcero
ISBN Nº 987-1136-04-8
Libro de Edición Argentina.

Hecho el depósito que prevé la ley 11.723.
Printed in the United States of America.

stockcero.com
Viamonte 1592 C1055ABD
Buenos Aires Argentina
54 11 4372 9322
stockcero@stockcero.com

ARMANDO P. RIBAS

ENTRE LA LIBERTAD Y LA SERVIDUMBRE

Indice

INTRODUCCIÓN

Finalmente, la caída del Muro de Berlín produjo el desmoronamiento de los regímenes comunistas detrás de la Cortina de Hierro. No puedo menos que sentirme reconfortado. Siempre pensé que el liberalismo había construido la vida que todos deseábamos vivir o más bien que en muchos casos tomábamos por dada. No obstante, hace treinta y un años tuve que dejar Cuba y la marea socialista parecía corroborar las predicciones políticas del marxismo, por más que se percibieran sus fracasos éticos y económicos en todas las latitudes donde imperaba. La historia parecía darle razón al racionalismo y así el hombre, mientras más racional, menos hombre parecía.

El siglo XX fue sin lugar a dudas el holocausto de ese racionalismo que, comenzando con la Revolución Francesa, había hecho eclosión definitiva en los totalitarismos europeos. Quizás el libro de Paul Johnson, *Tiempos modernos*, es la versión más acabada de cómo en el siglo XX la ética se escapaba por los intersticios de la razón y el imperativo categórico se convertía en el pilar del totalitarismo. Pienso, sin embargo, que en este siglo XX la acción venía montada en los hombros ideológicos del siglo XIX y por qué no decirlo del Iluminismo, que dio al mundo tanta oscuridad como luz pretendió descubrir.

Europa, pues, de la mano del racionalismo, continuó su devenir histórico y la lucha por el poder se vistió con la toga de la razón de Estado. El totalitarismo como intelectualización del despotismo se adueñó del curso histórico europeo con ilustres excepciones, como la

Gran Albion, que desde 1688 había provisto a la humanidad de las ideas que habrían de construir las aspiraciones de libertad y bienestar de los hombres.

Es indudable que fue en este lado del Atlántico donde se construyó la sociedad que habría de probar al mundo la posibilidad de dar al hombre en sociedad una tercera alternativa entre el fanatismo religioso y el jacobinismo racionalista. La República surgió en 1776 para salvar a la humanidad de esa falsa alternativa entre Hegel y Marx que representaron en 1939 el nazismo y el comunismo. Sólo los tanques Sherman pudieron liberar al Oeste Europeo de una de sus propuestas totalitarias, para dejar detrás de la Cortina de Hierro al Este sumergido en el totalitarismo bolchevique.

Las comunicaciones, como las nuevas trompetas de Jericó, finalmente destruyeron los cimientos del Muro de Berlín y la historia fue liberada de su aparentemente inexorable devenir totalitario para darle una nueva oportunidad al hombre. Esta nueva obra que Editorial Sudamericana graciosamente me honra en editar, pretende contribuir a la explicitación y construcción de esa nueva oportunidad.

Estoy convencido de que esta nueva alternativa histórica se sustenta en los principios que conforman lo que he denominado la *tercera vertiente*. Este liberalismo se asienta en esa simbiosis magnífica de la razón, el sentimiento y el sentido de trascendencia, que constituyen los elementos fundamentales de la naturaleza del hombre. Es esa simbiosis magnífica que construyó el liberalismo, la que he definido como la tercera vertiente, el tema del primer capítulo de esta obra. Allí trato de expresar de qué manera esta *tercera vertiente* se presentó como la alternativa a la Santa Alianza de un lado y al jacobinismo racionalista del otro. Es indudable que los prolegómenos de esa tercera vertiente se produjeron en Inglaterra y que la denominada Revolución Gloriosa marcó el cambio fundamental que habría de producirse en la historia y los presupuestos filosoficoéticos y políticos que habrían de dar lugar a la Revolución Industrial. Este hito histórico al que me refiero en el segundo capítulo es tanto más trascendente, pues la *Historia de Inglaterra* de David Hume muestra que ese cambio hacia la libertad se produjo tanto para los ingleses sometidos al absolutismo de los Tudor y los Estuardo, como para los adeptos de la supuesta revolución parlamentaria llevada a cabo por Oliver Cromwell.

Es mi convicción que el planteo sobre la ética fue determinante del proceso político que siguió a la Revolución Gloriosa y que en 1776 cruzó el Atlántico para dar nacimiento a la República de los Estados Unidos de América. Es por ello que el capítulo III lo dediqué a discutir la alternativa moral entre el planteo de David Hume y la moral racionalista kantiana que surge del imperativo categórico. En el capítulo IV he tratado de hacer una síntesis sobre la problemática de los valores a partir de las instituciones como garantía de los derechos individuales. Seguidamente, el capítulo V lo dediqué a comparar el pensamiento de John Locke con el del Barón de Montesquieu. Aquí se encuentran las fuentes de la estructura de gobierno compatible con la ética liberal. Es cierto que cronológicamente John Locke es anterior a David Hume y a Kant y que de hecho fue el filósofo de la Revolución Gloriosa. Pero el sustrato ético diseñado por Hume es a mi juicio tan trascendente, que consideré que era importante que se conociera antes de las estructuras políticas mismas.

El capítulo VI se ha dedicado a un análisis conceptual del liberalismo anglosajón y a su contraste con las ideas y la evolución del Iluminismo en Francia. Este capítulo es imprescindible para comprender la diferencia fundamental que se produjo en la historia respecto del mismo concepto de libertad. Tanto es así, que la Revolución Francesa de 1789, lejos de complementar en el continente lo ocurrido en 1688 del otro lado del Canal de la Mancha, fue su contradicción evidente.

Es así que igualmente contrasta con la Revolución norteamericana de 1776, que resultó en la antítesis de lo que habría de suceder en Francia con la caída de la Bastilla.

Siguiendo este análisis histórico, el capítulo VII, titulado "La Revolución Francesa desde el año 2000", completa la argumentación histórica de las distintas evoluciones del liberalismo en el continente europeo, por una parte, y en Inglaterra y Estados Unidos, por la otra. Esta revisión del aporte de la Revolución Francesa a la libertad como expresión de los derechos individuales ya se ha producido en la propia Francia. En 1989, apareció un artículo titulado "¿Qué celebramos?", que daba la tónica de esta nueva comprensión del fenómeno revolucionario como prolegómeno de la Revolución Bolchevique de 1917, cuya hecatombe se produjo con la caída del Muro de Berlín.

Dada la importancia de la Iglesia en la evolución de Occidente, no podía faltar un capítulo dedicado al análisis de la relación de esta institución con el liberalismo. A este propósito, fue dedicado el capítulo VIII, que finalmente analiza las últimas encíclicas del Papa Juan Pablo II. En este capítulo, no he podido soslayar las implicaciones de esta relación en la Argentina, dados su origen liberal por una parte y su formación religiosa católica por la otra.

A fin de comprender los antagonismos del mundo moderno que hicieron eclosión en Europa con la Segunda Guerra Mundial, he dedicado el capítulo IX al análisis del pensamiento político de Hegel y Marx. "Hegel y Marx, una falsa alternativa" explica a mi juicio una supuesta antítesis que en los hechos se diluye en dos totalitarismos que surgen de dos absolutos filosóficos y éticos. Es la culminación del pensamiento racionalista para la justificación del despotismo que entrañan los sistemas totalitarios surgidos en Europa en este siglo.

Por último, el capítulo X lo he dedicado a analizar la problemática de la decadencia encuadrada en los conceptos éticos analizados con anterioridad. Así termino con una visión optimista respecto de la oportunidad del hombre en libertad de darle un curso a la historia que se deriva de su voluntad y no de un destino inexorable, ya sea para bien o para mal. Seguidamente, analicé el hecho de la *Perestroika* y sus posibilidades y contradicciones, para concluir con un comentario sobre lo que Fukuyama describió como el *fin de la historia*. Puedo finalizar entonces reconociendo nuestra responsabilidad como individuos y, consecuentemente, por nuestras acciones en la sociedad. Ese es el gran desafío del siglo XXI y yo, presto a abandonarlo, me regocijo con el futuro de los hombres en esta Tierra, única de la que hasta la fecha tenemos conocimiento.

I. LA TERCERA VERTIENTE

Decía mi amigo Jorge García Venturini (QEPD) que Occidente era la simbiosis del logos y el verbo. Siempre discutí con él que esta metáfora poética en el mejor de los casos era una descripción incompleta de este apreciado sustantivo, que en sí mismo ha sido convertido en un valor. Más allá de esta retórica, ese valor por definición implica una descalificación de Oriente, y a mi juicio está influenciado por una decidida mitificación de la historia real de ese Occidente que originalmente no tuvo otras pretensiones que una definición geográfica. Tanto más por cuanto durante siglos las culturas milenarias orientales superaban todo lo que finalmente condujo a la destrucción del Imperio Romano de Occidente. Fue así que el pensamiento griego que definió el logos sólo fue recuperado durante la escolástica a través de las traducciones árabes y la influencia de Averroes, Avicena y Maimónides.

Hecha ya y aceptada esta *mea culpa*, en la que las propias Cruzadas fueron un ejemplo manifiesto de la barbarie imperante bajo el signo de la cruz y de la espada, me propongo realizar un análisis del proceso histórico que culminó con esta sociedad occidental. Esta sociedad que, más allá de los pecados de los hombres, muestra las virtudes de una estructura de valores (ética), la cual, juntamente con una estructura política, ha permitido alcanzar logros nunca antes soñados.

Es indudable que si hablamos de Occidente nos tenemos que referir a la amante de Zeus, que se extiende en la península occidental del continente asiático, con sus islas adyacentes. Los Urales nos podrían servir para plantear los límites geográficos de Europa, pero aquí también los accidentes geográficos no fueron suficientes como para poder determinar el concepto que estamos tratando de analizar con grandes dificultades.

Podría decir que ese Occidente conceptual comienza con las primeras incursiones de la razón, que tienen lugar en Grecia para sustituir al mito en la comprensión de los fenómenos naturales. El Imperio Romano y sus concepciones jurídicas sobre los derechos de las personas, construidas a través del *ius gentium* dieron la pauta de una evolución diferenciadora del curso histórico del mundo, de donde surgen los orígenes de Occidente. La incursión cristiana en los dominios del logos y del *ius gentium* plantea un panorama muy complejo, una vez que se produce la conversión de mártires en perseguidores en la escena de la Europa posterior a Alarico.

La religión, que habría de abrir las puertas del paraíso al alma de los hombres, fue convertida por largo tiempo quizás en el instrumento decisivo de la opresión de sus cuerpos en este valle de lágrimas. Quizá nunca como entonces se percibió la brecha entre el mesías de Galilea y los comportamientos de los hombres, que se sustentaban en la extensión a los gentiles de los mandamientos mosaicos. El aporte indudable del cristianismo para rescatar el valor individual de la persona, como ente a imagen y semejanza de Dios, configuró la legitimidad de un poder político omnímodo, que en sus pretensiones de responder ante Dios perdió toda responsabilidad ante los hombres.

La Edad Media se caracterizó por la lucha por el poder temporal entre el Papa y el emperador, mientras se ignoraban las sabias palabras del hijo de Dios de dar al César lo que es del César y a Dios lo que es de Dios. Ante el triunfo de la fe, retrocedieron, tanto en un campo como en el otro, los intentos de la razón que habían constituido los gérmenes de Occidente. El sentido de trascendencia, exacerbado por el miedo a la muerte natural o politicorreligiosa, daría paso al fanatismo religioso, que implicó el retroceso de Europa durante la Edad Media.

Con variaciones sustanciales entre la patrística y la escolástica, todavía en pleno Renacimiento, Galileo sufrió los embates de la razón aristotélica de las causas últimas, en la que se apoyaba ya la propia legitimidad del poder absoluto. Más allá del Papa o de los reyes que disputaban la supremacía europea en los campos de batalla, cristianos morían a manos de cristianos aun antes de que la Reforma diera una nueva legitimidad religiosa al antagonismo de los hombres en su lucha permanente por el poder político. La estructura aristocrática de las sociedades se sustentaba en la doctrina del derecho divino de los reyes y, por si acaso, Julio II se convirtió en el Papa guerrero que habría de darle a la Iglesia la fuerza de las armas para imponer su poder espiritual.

Con Descartes y Bacon recomenzaron los nuevos intentos de la razón de aceptar un optimismo epistemológico, que, sin transgredir las estructuras políticas, posibilitaron el avance del conocimiento, anquilosado en la autoridad. El *veracitas Dei* y el *veracitas naturae*, al tiempo que reflejaban un compromiso con la autoridad, abrían nuevas puertas a la razón en el devenir de la historia que habría más tarde de calificar al Siglo de las Luces. Nuevos intentos de la razón pretendieron encontrar en ella la única alternativa al dogmatismo que caracterizaba la estructura de poder en las sociedades de Occidente, legitimadas por el imperio del derecho divino de los reyes. Se intentó entonces sustituir a Dios por la razón y ésta, en manos de los hombres igualmente capaces de fanatismos, se convirtió en un falible instrumento de la naturaleza humana, que justificaría los crímenes de la Revolución Francesa. Más tarde, ese mismo racionalismo fue fuente de las ideologías que legitimaron intelectualmente el despotismo y lo transformaron en el totalitarismo que padeció la propia sociedad occidental en el siglo XX.

La Santa Alianza estaba constituida por los Habsburgo, los Romanoff y los Horhenzolern, dueños del poder político y apoderados del Señor, al tiempo que en España, los Habsburgo y los Borbones imponían la Contrarreforma sin Reforma; ambas posiciones representaban la historia del Occidente moderno. Del otro lado, el jacobinismo se apoderaba de la razón y la simbiosis de romanticismo y racionalismo en *Discurso sobre el origen de las desigualdades entre los hombres* y *Contrato social* constituyeron las fuentes de las doctrinas totalitarias que en nombre del progreso social, como parteras de la historia, se habrían de convertir, Marx mediante, en los ladrillos que construyeran el Muro de Berlín.

Derechas e izquierdas en Europa se definieron en estos términos y fascismo y comunismo dejaron al hombre inerme ante el poder del Estado. El nacionalismo, como justificativo de la guerra entre los Estados, y la libertad, como expresión de la lucha de clases, hicieron de la historia europea un callejón sin salida. Ésta habría de desembocar en el holocausto de la Segunda Guerra Mundial, después de que la Gran Guerra constituyó el último estertor de la Santa Alianza en su lucha por la supremacía política.

No obstante, afortunadamente, esta alternativa entre el dogmatismo de la Santa Alianza y el jacobinismo racionalista, ya fuese en su vertiente nacionalista (hegeliana) o socialista (marxista), no agotó las posibilidades de la humanidad. En las postrimerías del siglo XX, se percibe claramente de qué manera la libertad, como expresión de los límites del poder político y de su contrapartida, los derechos individuales, nos permite mirar con mayor optimismo el advenimiento del siglo XXI.

Fue en 1688 cuando, bajo el influjo del pensamiento de John Locke, se produjo en Inglaterra la denominada Revolución Gloriosa. Erasmiana en su concepción de la fe, produjo la primera posibilidad en Europa de la tolerancia religiosa. Desconocido que fuera también el derecho divino de los reyes, el liberalismo hizo su irrupción en el campo eticopolítico a través del parlamentarismo, que tenía como propósito limitar las prerrogativas del rey. Esa transformación política, que reconocería los derechos individuales como contrapartida de la comprensión de la armonía entre los intereses *particulares* y el interés general sujeto a la norma jurídica, conformó la Revolución Americana de 1776, y en 1787 tomó forma la república en la Constitución de Filadelfia. Esta tercera vertiente hizo su aparición en la Argentina a partir de 1853, cuando el país logró la unión nacional, la prosperidad espiritual y material en los mismos términos de libertad de culto y de separación de la economía del Estado, garantizando los derechos de propiedad.

Finalmente, esta tercera vertiente del proceso político de la humanidad fue la que definió la Segunda Guerra Mundial; a partir de ella se creó una Comunidad Europea Occidental que puede decirse aprendió finalmente el significado de la Revolución Americana de 1776 y abandonó la tergiversación de que había sido objeto en Francia en 1789. Es decir, Europa Occidental, "made in USA", conformó este Occidente al que también, desde una geografía más lejana, se incorporó el antiguo Imperio del Sol Naciente. Esta cosmovisión que ha transformado al mundo y que hoy ha llevado a que la *Perestroika* y la caída del Muro de Berlín parezcan haber derribado la Cortina de Hierro, es la que responde a los principios liberales. Esos principios constituyen una simbiosis magnífica del reconocimiento tridimensional de la naturaleza del hombre, conformada por el sentimiento, la razón y el sentido de trascendencia ante el hecho ineludible de la muerte. Todos los intentos de desconocer alguna de estas partes constituyentes de la naturaleza humana, ya sea por la exacerbación de la fe o la mitificación de la razón, dieron por resultado el despotismo y el totalitarismo. La tercera vertiente se asoma con todo optimismo para el nuevo siglo, por más que todavía queden resabios de guerra santa y de oscurantismo racionalista.

II. LA REVOLUCIÓN GLORIOSA

I. La historia de Inglaterra según Hume

Para mí fue sumamente ilustrativo el haber leído el trabajo de Miller[1] sobre la *Historia de Inglaterra* de David Hume. Siempre he pensado que la libertad o los derechos individuales no necesariamente debían estar limitados a una raza ni ser el resultado de una religión determinada. Sin embargo, este sentimiento tuvo que luchar permanentemente contra el hecho de haber sido primero los ingleses y después los americanos quienes desarrollaron sociedades libres. Pero yo tengo un argumento que sorprende. En la segunda mitad del siglo XIX, la Argentina se unió a este lujo de la historia y, basada en su Constitución de 1853, comenzó un proceso que la asimiló, en cuanto al desarrollo de la libertad individual y del bienestar económico, a los anglosajones al finalizar el siglo pasado.

Analizando la *Historia de Inglaterra* de Hume a través del trabajo de Miller, resulta obvio reconocer que hasta la Revolución Gloriosa de 1688 no hubo libertad ni derechos individuales, al menos del modo en que hoy los conocemos. Sin duda, no hubo semejante libertad durante la conquista normanda; tampoco la hubo durante el período de los Tudor y ni siquiera durante el reinado de Isabel I, a pesar de la aparente popularidad de la reina. A veces pienso que hemos olvida-

---

1   Eugene F. Miller. "Hume on the Development of English Liberty", en *The Political Science Reviewe*r, Fall, 1986.

do que muchos dictadores han sido populares. Basta recordar los casos de Hitler y Mussolini, sin olvidar tampoco a Napoleón. Me animaría a decir que la mayoría de los norteamericanos han olvidado la especial preocupación de Madison por la opresión de las mayorías, como lo expresó en la "Carta 51" de *El Federalista*, en donde confirma la visión de Hume sobre este tema cuando se refiere a los excesos de la libertad. Tampoco hay ninguna duda de que no existió esa libertad durante el período de los dos primeros Estuardo, cuyas prerrogativas seguían equivaliendo a las de un gobierno absoluto que no tenía en cuenta el estado de derecho. Durante los tiempos de la caída de Carlos I tuvieron lugar los excesos de la libertad, a través del Parlamento y la dictadura de Cromwell, resultado esperado de lo que Hume consideró como fervor religioso sumado a los excesos de la libertad representados por la Asamblea Nacional, que pretendía ser la representante del pueblo.

La Restauración reflejó nuevamente la lucha de la Corona para mantener sus prerrogativas, pero surgió el problema religioso, que pasó a ser la causa decisiva de la Revolución Gloriosa. A pesar del desacuerdo de Hume con algunas de las concepciones de Locke respecto del *Contrato social*, no debería existir duda alguna de que la tolerancia religiosa, por un lado, y el mejor balance de las relaciones entre los monarcas y el Parlamento, por el otro, definitivamente reflejaban la concepción de Locke, como lo expresó en la *Carta sobre la tolerancia* y en el *Segundo tratado sobre el gobierno civil*.

El solo hecho de la existencia de semejante dictadura en Inglaterra, durante los tiempos de Cromwell, revela que la sociedad, a pesar de todas las pretensiones de los Whig, seguía sometida a los excesos del fervor religioso y al dominio absoluto de los individuos por parte del gobierno. De hecho podría decir que Cromwell fue para Inglaterra lo que más tarde Robespierre representó para los franceses. Por supuesto que es interesante resaltar que en el tiempo de Hume no le era posible concebir que el fanatismo de la razón pudiese menoscabar tanto la libertad individual, como ya antes lo había hecho el fervor religioso.

Entonces, llegamos al real problema planteado por Hume y tan bien explicado por Miller. ¿Fue la libertad anglosajona la verdadera base de una continuidad, en la Constitución inglesa, que reflejaba la libertad individual bajo el estado de derecho? Por cierto, comparto la concepción de Hume con respecto a la libertad anglosajona, que él considera licencia. Es verdad, como sostiene Miller, que aparentemente Hume no dio ninguna buena definición de lo que era la libertad, en comparación con la licencia anglosajona. Pero yo sostengo que, para entender lo que Hume llamó "verdadera libertad", debemos sondear, por un lado, sus teorías con respecto a los conceptos de propiedad y justicia y, por el otro, su no menos importante teoría de los sentimientos morales.

Justicia y propiedad fueron dos artificios (digamos racionales) para ordenar las relaciones entre los hombres dentro de la sociedad. Pero permítanme ampliar lo que pienso del concepto de Hume sobre la razón como determinante de la conducta humana. Cuando dijo que el egoísmo de la naturaleza humana, su codicia natural y su limitación de recursos eran los puntos básicos en los que se sustentaban las reglas sobre propiedad y justicia, lo que realmente estaba reconociendo era que había obvios límites para la posibilidad del hombre de cambiar el carácter de su propia naturaleza y de la naturaleza misma. De aquí que la razón debiera ayudar al hombre para entender su propia naturaleza, con el fin de establecer las reglas a partir de las cuales la sociedad podría ser dirigida con el mínimo de coerción. Por lo tanto, la razón no es una forma de la naturaleza humana de trascender los límites de la naturaleza, en el sentido de egoísmo y escasez.

"No hay justicia sin propiedad", dice Hume repitiendo la doctrina de Locke, por lo que la libertad, para ser tal, debería estar situada dentro de los límites de la ley para no ser licencia. Pero nuevamente la ventaja de la existencia de los derechos de propiedad refleja al mismo tiempo la concepción de justicia como la convergencia entre los intereses individuales y generales. Ésta es la suposición básica de una sociedad abierta; y una sociedad abierta es aquella en la que por necesidad el comercio se vuelve más y más importante, a diferencia de la sociedad aristocrática, que está basada en valores de guerra.

En este sentido, diría que una sociedad guerrera desconoce el significado de la libertad y de los derechos individuales. Podemos ver de esta manera que aun la reina Isabel consideraba todo lo que estuviese en contra de la Corona como traición y no como parte de un interés particular. Por lo tanto, el gobierno no representa al pueblo; es el mismo pueblo, en el sentido del concepto hegeliano del Estado y del enfoque marxista sobre la dictadura del proletariado.

Es evidente, a partir del análisis anterior, que cualquier extensión del concepto de traición representa una nueva restricción a la libertad individual; fue eso precisamente lo que pasó durante los tiempos de Cromwell. Pluralismo, frenos y contrapesos, distribución del poder o libertad religiosa, son todos valores que le eran ajenos. Fueron estos valores los que se introdujeron a través de la Revolución Gloriosa, a los que Hume se refirió como el "más" completo sistema de libertad jamás antes conocido por la humanidad.

Los dos textos de Hume citados por Miller ilustran lo que el primero consideró sobre las relaciones de los sajones con la libertad.

"Tal estado de la sociedad se encontraba muy poco avanzado respecto del estado de naturaleza puro. Prevalecía la violencia universal, en lugar de máximas generales y equitativas. La pretendida libertad de los tiempos era solamente la incapacidad de someterse al gobierno. Y los hombres sin protección legal para sus vidas y propiedades buscaron refugio, mediante su personal servidumbre y atadura, bajo un jefe poderoso o mediante combinaciones voluntarias.

"En conjunto, no obstante la aparente libertad o más bien licencia de los anglosajones, la gran mayoría aun de los ciudadanos libres, en esas épocas, realmente disfrutaban mucho menos verdadera libertad que donde la ejecución de las leyes reducía a la subordinación estricta y dependencia de los magistrados civiles."

Miller también se refiere a lo que él considera un principio de gran importancia con respecto a la interpretación de la historia inglesa. Dicho principio reza que el poder sigue a la propiedad en forma natural. Sin duda, es éste el tema más interesante y es en este sentido que Hume estableció que en Europa y en Inglaterra el feudalismo se presentaba de diferente manera. Mientras en Europa los barones tenían suficiente poder para abatir a la monarquía, en Inglaterra sólo la revolución de los barones podría haber alcanzado semejante poder y fue eso lo que sucedió cuando Juan fue forzado a firmar la Carta Magna. Por tanto, Hume no consideró que la Carta Magna reflejara un cambio en la situación de la libertad individual. Fue Guillermo el Conquistador quien había introducido el sistema feudal europeo en Inglaterra y es por esto que Hume decía que gran parte de la población vivía en servidumbre.

De acuerdo con Hume, los barones actuaron en su beneficio propio. De aquí que el verdadero efecto de la Carta Magna fue revertir el feudalismo inglés a lo que era en Europa. De cualquier manera, los comunes adquirieron algunos beneficios que debieron ser cedidos por los barones para obtener su apoyo.

Por lo tanto, de aquí proviene el concepto de que el poder deriva de la propiedad. El poder de los comunes se acrecentó gracias al reconocimiento de sus derechos de propiedad y a la riqueza proveniente de ellos. Pero yo sigo insistiendo en que este principio como tal debe ser aclarado, de lo contrario correríamos el riesgo de interpretarlo de la misma manera en que lo hizo Marx cien años más tarde.

No hay duda de que el reconocimiento de la propiedad privada como derecho les dio poder; es en este sentido que debería ser válido el principio de Hume. Pero como más tarde fue explicado por Mao Tse–tung, el poder históricamente surgió de un barril de pólvora; cien años antes, ya Napoleón había establecido que la razón estaba del lado de la artillería más fuerte. Fue tan sólo la distribución del poder real lo que hizo surgir los derechos de propiedad privada, los que acrecentaron el poder de los comunes y a la vez redujeron el poder de la monarquía y de la aristocracia. El reconocimiento de los derechos de propiedad como un reflejo de justicia fue lo que realmente marcó el comienzo del sistema capitalista en el campo económico y de la libertad individual en el político.

Al final, Hume considera, como lo estableció Miller, que el mejoramiento de la posición de los comunes se debió a la declinación del sistema feudal. Sin embargo, el surgimiento de la burguesía no significó que ellos pertenecieran al parlamento, si bien eran convocados por el rey para establecer nuevos impuestos. Según Hume ellos eran la gran amenaza para la libertad, ya que se trataba de un sistema en el cual quien no era noble era esclavo. A pesar de esto, Hume concluyó diciendo que este sistema era mejor que el anterior.

A pesar de la arbitrariedad de los Tudor y de la ausencia de libertad, según Miller, Hume pensaba que dicho comportamiento era necesario en esa época. Una vez más vemos que Hume considera la libertad como un lujo de la historia que debe ser aprendida. De aquí que el texto que sigue es también ilustrativo de esta concepción.

"Tan absoluta era en fin la autoridad de la Corona, que la preciosa chispa de la libertad ha sido encendida y fue preservada por los puritanos solamente; y fue a esta secta, cuyos principios parecen tan frívolos y sus hábitos tan ridículos, que los ingleses deben la totalidad de la libertad de su Constitución."

De esta teoría surge una pregunta importante. ¿Son acaso todas las nuevas sociedades capaces de tener un gobierno libre y democrático?

Pareciera, según Miller, que Hume pensaba que la república era la mejor de las formas de gobierno, pero suponía que era imposible establecerla en aquella época en Inglaterra. La relación entre propiedad y justicia está ínsita en el estado de derecho y es el factor resultante del poder político. Es obvio que eran ésos los principios que subyacían en el pensamiento de Madison con respecto a la formación de un gobierno que fuese capaz de controlar al pueblo y que al mismo tiempo fuera controlado por éste. Me da la impresión de que, teniendo en cuenta el conocido escepticismo de Hume, ningún norteamericano religioso se atrevería jamás a reconocer su deuda con el pensamiento de Hume respecto de su teoría sobre el gobierno republicano. Pero, ¿a qué otra cosa que no sea el escepticismo en materia religiosa puede llevar a quienquiera que admita la libertad religiosa y, aun más, a basar dicha libertad, como lo hizo Madison, en la multiplicidad de sectas?

En las últimas páginas, Miller trata en forma casual algunos puntos muy importantes. El primero es la filosofía de la historia. Es muy importante hacer notar que la historia de la filosofía de Hume se opone dramáticamente a las concepciones que Hegel y Marx desarrollaron en el continente y que tuvieron tanta influencia en la evolución política de Europa Oriental y Occidental. Usando la moral juntamente con los caracteres esenciales de los seres humanos, mantuvo la subordinación de la historia a las ciencias morales.

A la luz de esto, difícilmente los excesos de la libertad puedan ser justificados por Hume en ningún campo. Al mismo tiempo, debe tenerse en cuenta la teoría de Hume, que incluye la moral en el campo de las pasiones y que está precisamente basada en la naturaleza humana. Desde mi punto de vista, ésta es la regla de oro para "vivir y dejar vivir", como opuesta a la concepción racionalista de Kant sobre el imperativo categórico. En ese sentido, debe recordarse que la aparición de las dictaduras surgidas de concepciones totalitarias deriva necesariamente de enfoques racionalistas sobre valores morales. En este sentido, la cita de Hume hecha por Miller es realmente ilustrativa.

"El uso principal de la historia es sólo para descubrir los principios constantes y universales de la naturaleza humana, mostrando a los hombres en toda la variedad de circunstancias y situaciones, proveyéndonos de material del cual podemos formar nuestras observaciones y poniéndonos en contacto con las motivaciones regulares de las acciones y la conducta humanas."

Otro tema de suma importancia es la preocupación de Hume con respecto a la fragilidad de la libertad una vez conseguida. Es decir, la libertad puede ser lograda cuando las sociedades acatan los principios básicos que la sustentan, pero puede perderse en cuanto prevalece un espíritu igualitario por encima de los derechos individuales. En este sentido es que elogio el enfoque de Hume y la explicación dada por Miller. Deseo que la libertad no sea un monopolio de los anglosajones, aunque ciertamente no puedo dejar de reconocer su contribución al desarrollo de este pensamiento. Fue a partir de estos filósofos que se crearon las dos primeras sociedades que lograron alcanzar los más altos estadios de la civilización humana. En ese sentido, confío en que la Argentina, que vio la luz y perdió el rumbo después de la Segunda Guerra Mundial, sea uno de los primeros países en seguir los pasos hacia la recuperación de la libertad individual.

2. Confusión histórica

Cuando se habla de la Gran Revolución, en general se entiende que nos estamos refiriendo a la revolución francesa (las minúsculas son a propósito) de 1789. Pero ésa no es la Gran Revolución, sino la gran confusión histórica que permitió que los crímenes de lesa humanidad que fueron la guillotina y el terror, puedan ser concebidos como origen de la libertad y los derechos del hombre en Occidente.

La verdadera Gran Revolución tuvo lugar paulatinamente en la historia y podemos encontrar en ella los hitos que la representaron. Esa Gran Revolución fue una transformación ética a partir de un principio gnoseológico. Tuvo lugar cuando el hombre en sociedad tomó conciencia de la importancia de la armonía entre el interés general y los intereses particulares. Sólo a partir de esta concepción ética es posible la búsqueda de la felicidad, que es motor de la acción humana, sujeta a la norma de derecho de carácter general.

3. Enfoque ético

El elemento gnoseológico implícito en este enfoque ético resulta de la duda socrática: "Sólo sé que no sé nada", y de la falibilidad humana reconocida por el cristianismo en la expresión: "El justo peca siete veces". El interés general, o sea, el bien común, no es conocido *a priori*, entonces, sino que resulta de la interacción de los hombres, sujetos al cumplimiento de la norma de derecho.

Este principio, que armoniza los intereses particulares con el interés general, es el que permite a su vez la separación de los poderes como instrumento de la sociedad para limitar el poder político. Ese límite es la contrapartida de los derechos individuales o privados, que sólo pueden existir sobre la base de que no haya un antagonismo irreductible entre ellos y el interés general.

Al mismo tiempo, a esta interacción humana en la búsqueda de su propia felicidad se refirió Adam Smith como la mano invisible que proveía al bien común o interés general. La seguridad de los derechos privados es el límite del poder político, o sea, la garantía de la libertad del hombre, a la vez que el incentivo de su acción en la sociedad.

Fue esta gran revolución ética la que transformó a la sociedad de aristocrática en democrática y su carácter eminentemente bélico en comercial y no la guillotina, bajo el influjo de la igualdad rousseauniana. Fue en ese sentido que Hume dijo, en su *Enquires Concerning the Principles of Morals (Investigación sobre los principios de la moral)*: "Cuando el nacimiento es respetado, las mentes inactivas y sin espíritu permanecen en apática indolencia y no sueñan con otra cosa que con pedigrees y genealogías; los generosos y ambiciosos buscan honores y autoridad y reputación y favores. Donde las riquezas son el ídolo principal, la corrupción, la venalidad y la rapiña prevalecen; las artes, las manufacturas, el comercio y la agricultura florecen. El primero de estos prejuicios, al ser favorable a la virtud militar, es más conveniente para las monarquías; el segundo, al ser el principal impulso de la industria, está más de acuerdo con el gobierno republicano".

Podemos ver, entonces, que la República, como expresión de la democracia representativa (no directa o populista), implica la separación entre el poder político y el económico. En tal sentido, el "socialismo", más que una ideología (si lo es), es una enfermedad que ataca el cuerpo social en el medio de la República. Esa enfermedad es la confusión entre privilegio y propiedad, al tiempo que pretende el regreso a la ética rousseauniana que enseña que los intereses privados son necesariamente contrarios al interés general.

Es indudable que el sistema capitalista, entendiendo por tal aquel en el que se respetan los tres principios de Hume: seguridad en la posesión, transferencia por consenso y cumplimiento de las promesass, determinó la transformación del mundo. En primer lugar, permitió la libertad del hombre, que en el plano ético significó la posibilidad de la búsqueda de la propia felicidad, sin contravenir los principios de la moral; en lo político, esa libertad implicó la limitación del poder político, establecido como un instrumento de la sociedad en la defensa de los derechos privados; en el plano económico, esa libertad significó la transformación de la economía, que dejó de ser un juego de suma cero y se convirtió en el motor del crecimiento; por último, en el dominio del conocimiento significó la conciencia de la falibilidad del hombre, y todo avance en el conocimiento implicaba asimismo ese reconocimiento sobre la ignorancia previa.

4. Revolución liberal

Ese proceso histórico, que comenzó fundamentalmente con la Revolución Gloriosa, en Inglaterra, en 1688, y los principios del parlamentarismo fueron los que establecieron límites al poder político. Esa revolución liberal siguió en 1776 con la declaración de independencia de las colonias inglesas en Norteamérica y tomó forma definitiva en Filadelfia, en 1787, con la Constitución Federal. Finalmente, este lujo de la historia llegó al Río de la Plata con la caída de Rosas y el establecimiento de la Constitución argentina de 1853.

Esa secuencia revolucionaria reconoce un solo principio ético, conductor del proceso político, económico y cultural. Éste no es otro que la admisión de que los intereses particulares no son contrarios al interés general. Sólo en ese entendimiento son posibles un gobierno limitado, el pluralismo político, los derechos individuales, la libertad de expresión y la omnipresente libertad religiosa, que no implica otra cosa que sacar la conciencia del hombre, en su ansia de divinidad, de los avatares de la lucha por el poder político.

Sin la aceptación de este principio ético fundamental, veremos una y otra vez fracasar los intereses republicanos o democráticos que, ungidos por el socialismo, representan el retorno a los principios aristocráticos. Y esta revisión es real y manifiesta, por más que los nuevos aspirantes a monarcas adopten la denominación de presidente, secretario del partido, *duce*, caudillo, etcétera.

Mi gran esperanza para la Argentina reside precisamente en que esta aceptación ética para nuestro país no implica otra cosa que un retorno a las fuentes de la Nación misma. Esperemos que así se produzca, pues no es posible transformación alguna que no se asiente en valores aceptados y compartidos.

III. MORAL Y JUSTICIA

1. Fundamentos éticos de la política

Voy a arriesgarme en un terreno peligroso, cual es la problemática de la ética. Sé que estoy entrando en aguas procelosas, pero desde hace tiempo he sentido la necesidad de hacerlo, pues a mi juicio es ahí donde se encuentra el nudo gordiano de la evolución de la humanidad. Es un hecho insoslayable que se han producido cambios trascendentes en algunas sociedades que han transformado al mundo, en tanto que otras permanecen en las sombras de lo que hoy puede considerarse la prehistoria social. Son muchas las explicaciones que se han dado a esta evolución de la humanidad y asimismo son muchas las valoraciones que de ella se hacen. Mi criterio es que existe una causalidad en la evolución social y que, al mismo tiempo, como señala Popper, si bien no vivimos en el mejor de los mundos, las sociedades democráticas de Occidente han alcanzado el mejor que hemos conocido.

Explicar el porqué de este fenómeno es a mi juicio no sólo un interés científico o una curiosidad histórica, sino la llave que abrirá la puerta al desarrollo político, cultural y económico a la humanidad en su conjunto. En ese sentido, me niego a pensar que existe una fatalidad racial o religiosa que coloca a ciertas sociedades en la cúspide de la historia. Asimismo, me niego a aceptar que la vida de las sociedades es un proceso semejante al de la vida del hombre, que nace, se desarrolla y muere. Si bien no creo que exista la posibilidad de encontrar un paraíso en la tierra y que la vida del hombre ha de ser dramática por su propia naturaleza, parecería que ante el avance de las comunicaciones cada vez se hace más difícil hablar de sociedades para referirnos a la sociedad o la humanidad en su conjunto. En otras palabras, si bien ese progreso, que ha permitido la creación de esta aldea universal, ha sido producido por algunas sociedades o naciones, no parecería posible predecir la decadencia de éstas para que su puesto sea ocupado en un futuro por otras sociedades hoy todavía sumidas en un profundo retraso relativo.

Por supuesto que es posible predecir el holocausto mundial, como consecuencia de la potencialidad permanente de la guerra nuclear. Esto, sin embargo, no significaría la decadencia de una o algunas sociedades en particular, sino la destrucción de la sociedad, o sea de la humanidad, tanto de los adelantados como de los atrasados. Por mi parte, y aunque pueda parecer un pensamiento cínico, me atrevo a sostener que ha sido la existencia de las armas nucleares el mejor instrumento encontrado por el hombre para impedir la guerra. Ésta ha pasado a ser también un privilegio y una posibilidad de los países atrasados, precisamente porque carecen de las armas nucleares.

Se me ocurre entonces que, así como existe ya un destino común de la humanidad frente a la posibilidad de la destrucción, igualmente surge la esperanza de la posibilidad de un destino compartido frente al progreso. Pero este destino posible no es un proceso histórico fatal, sino que depende de las decisiones del hombre. En otras palabras, no creo en un devenir histórico ineluctable, o sea en un historicismo hegeliano o marxista para predecir el futuro. Creo más bien que en estas concepciones se ha soslayado el elemento fundamental de la vida social y en particular del progreso alcanzado a partir del proceso capitalista liberal, que se sustenta precisamente en la ética.

No querría de ninguna manera que esta última observación pueda ser interpretada como la aceptación de la teoría de Max Weber[1] sobre la ética protestante como determinante del proceso capitalista.

---

1   Weber, Max. *La ética protestante y el espíritu del capitalismo*. Barcelona. Ed. Península, 1979, 5a. ed.

En su libro *La Reforma europea*, E. T. Elston[2] ha dado ya más que suficientes razones para explicar la invalidez de esa tesis, pero se me antoja añadir algunas propias. La Reforma se produjo en Alemania, pero fue Inglaterra, donde no se aceptaba el luteranismo ni el puritanismo, el lugar en que se produjo el sistema filosófico que dio lugar a la denominada Revolución Industrial. El anglicanismo por mucho tiempo no fue más que un catolicismo sin Papa, por lo que difícilmente pueda asimilarse a los conceptos puritanos que Weber considera como determinantes del proyecto capitalista.

Alemania e Inglaterra constituyen a mi juicio dos modelos paradigmáticos de sociedades. No se comportó la Alemania protestante de manera muy diferente de la Francia católica; tal vez baste recordar que en plena Reforma la corona de los Habsburgo en las sienes de Carlos V unía los reinos de España y de Alemania. No es entre Alemania e Inglaterra donde podremos encontrar diferencias sustanciales en cuanto al clima o a las razas, como para explicar evoluciones políticas tan diferentes. Es por ello que creo posible, a partir de estas dos naciones en el mejor sentido europeo, analizar las implicaciones de los distintos conceptos éticos sobre los respectivos desarrollos políticos.

Hace poco supe que Steffan Zweig, antes de morir, había dicho que la norma "Vivir y dejar vivir" (*To live and let live*) era la regla de oro de la ética social, muy superior a cualquier imperativo categórico. Zweig había tenido que sufrir en carne propia los desvaríos de la "ética" totalitaria del Tercer Reich. Éste pretendía explicar el milenio nazi en las fuentes históricas del Sacro Imperio Romano–Germánico, en la figura de Carlo Magno y en la unidad alemana lograda bajo la égida prusiana que había construido Von Bismarck en las postrimerías del siglo pasado.

La década del treinta vio una Europa continental debatida entre la ética hegeliana y la marxista y de la cual el nazismo y el comunismo pretendían la división del mundo. Esto no era una casualidad histórica, sino que creo que en este desarrollo estaban las fuentes del pensamiento europeo, del cual, en un proceso decididamente atípico,

2 G. R. Elston. *Reformation Europe 1517–1559*. Fontana Press, Londres, mayo de 1986.

había escapado Gran Bretaña; no creo que esto pueda ser explicado por su condición insular, pues en Irlanda no se produjo ese fenómeno.

Es a partir de estas realidades que pretendo analizar los fundamentos éticos de ambas sociedades y precisamente he elegido para ello a dos gigantes del pensamiento universal. Desde Gran Bretaña, la figura trascendente de David Hume, y por Alemania, el genio Emmanuel Kant de Koenigsberg. No podrá dudarse de los genuinos objetivos éticos de estos dos filósofos, pero creo, con Steffan Zweig, que los resultados políticos y sociales del representante de los filósofos escoceses fueron más positivos para la humanidad que el racionalismo ético del filósofo alemán y su imperativo categórico.

David Hume nació en Glasgow en 1711, y a los 24 años, después de un tiempo en Francia, donde vivió con los jesuitas en el Colegio de La Fletche, en el que había estudiado Descartes, produjo su obra magna, *Tratado sobre la naturaleza humana*.[3] Es a partir del Libro III de esta obra dedicada a la moral que pretendo analizar los fundamentos éticos anglosajones, que se podrían sintetizar en la norma de "Vivir y dejar vivir". Emmanuel Kant nació en Koenigsberg en 1724, por lo que fue casi contemporáneo de Hume, pero vivió tiempo suficiente para ver la Revolución Francesa de 1789, ya que murió a los 80 años, en 1804. Kant intentó una tercera posición entre el empirismo y el racionalismo continental y salvar el conocimiento del escepticismo de Hume. Pero, asimismo, es sabido que, si bien Kant en su teoría del conocimiento tuvo en cuenta a Hume en cuanto a la verdad, no conoció los principios de éste con respecto a la moral y la justicia. En el análisis que pretendo hacer, he tomado en cuenta, pues, el ensayo de Kant *Fundamentación de la metafísica de las costumbres*[4], publicado en 1785, o sea cuatro años después de su *Crítica de la razón pura*, que se adelantó en tres años a la *Crítica de la razón práctica*. Como puede observarse, el análisis comparativo se refiere a dos aspectos parciales de la obra de estos dos filósofos, pero asimismo creo que contienen los ele-

3   Hume, David. *Tratado sobre la naturaleza humana*. México, 1977.
4   Kant, Emmanuel. *Fundamentación de la metafísica de las costumbres*. Editorial Porrúa, Argentina–México.

mentos suficientes como para llegar a conclusiones significativas sobre la evolución eticopolítica de sus respectivos países y la influencia que éstos han tenido en el orden de la cultura universal. En todo caso, creo que no estoy haciendo otra cosa que dar el puntapié inicial a una controversia que considero de la mayor importancia.

2. Crítica del Libro III del Tratado sobre la Naturaleza Humana de David Hume

En lo que se refiere a la moral, existe un principio común en el pensamiento de Hume y de Kant. Ambos proponen que la moral se encuentra en el campo de la intencionalidad. Así dice Hume al respecto en su *Tratado sobre la naturaleza humana*: "Es evidente que cuando nosotros ponderamos alguna acción, sólo consideramos los motivos que la produjeron, y consideramos las acciones como signos o indicaciones de ciertos principios en la mente y en el temperamento. La conducta externa no tiene mérito. Debemos mirar adentro para encontrar la calidad moral... Aparece por consiguiente que todas las acciones virtuosas derivan su mérito de motivos virtuosos y son consideradas meramente como signos de esos motivos". En estos dos filósofos, creo que se pueden encontrar los paradigmas de dos concepciones éticas que dieron lugar a dos evoluciones distintas de la sociedad y en particular de los comportamientos de los individuos y de los gobiernos. De estas dos concepciones surge, a mi juicio, la oposición entre la sociedad libre y la totalitaria, resultado que es independiente de la voluntad última de sus expositores. Es decir, en este caso no estoy juzgando la voluntad de bien de cada uno de estos filósofos, sino el éxito o el fracaso que resultó en la sociedad de la operativa empírica de sus supuestos éticos.

Hume comienza por desarrollar un concepto que podría decir se encuentra expuesto por Aristóteles en su *Moral a Nicómaco*. Allí dice

el estagirita: "Las distinciones que se hacen del juicio son las de verdadero o falso y no las de bueno o malo; estas últimas son aplicables
sobre todo a la intención, a la preferencia reflexiva... Si tenemos tal o
cual carácter moral es porque escogemos con intención el bien y el
mal, no porque juzguemos o pensemos. Nuestra intención se aplica
a buscar tal cosa, a huir de tal otra o a practicar otros actos análogos,
mientras que el juicio nos sirve para comprender lo que son las cosas,
para qué sirven y cómo se las puede emplear. Pero no es precisamente
por medio del juicio como nos decidimos a dar preferencia a unas
cosas y huir de otras. Se alaba la intención porque se dirige al objeto
que debe, más bien porque sea recta, pero se alaba el juicio, sobre
todo, porque es verdadero".[5]

En estas observaciones podemos ver la distinción aristotélica que
más tarde expande Hume, entre pasión (sentimiento) y razón. La
primera es lo que Aristóteles refiere a la intención, en tanto el juicio
es la palabra usada para indicar la razón. En este sentido, dice el filósofo escocés: "La moral excita las pasiones y produce o previene las
acciones. La razón es completamente impotente en este particular.
Las reglas de la moral, pues, no son conclusiones de nuestra razón".[6]
Tal como señaló Aristóteles respecto al juicio, Hume dice: "La razón
es el descubrimiento de la verdad o de la falsedad. La verdad o la
falsedad consiste en el acuerdo o desacuerdo, bien sea de las relaciones
reales de las ideas o de la existencia real de naturaleza fáctica". De
aquí concluye Hume que, dado que nuestras voliciones y pasiones no
son susceptibles de ser cualificadas como verdaderas o falsas, la moralidad no puede ser contraria o conforme a la razón.[7]

En esta secuencia lógica, Hume sostiene entonces que tal conclusión tiene una doble ventaja. La primera es que muestra *directamente* que las acciones no derivan su mérito *per se* conforme a la
razón, ni su culpa *per se* contraria a ella; la segunda es que indirecta-
mente manifiesta que, dado que la razón no es capaz de prevenir o
producir ninguna acción porque la contradiga o la apruebe, ella no

5   Aristóteles. *Moral a Nicómaco*. Selección Austral, Espasa Calpe, pág.
      114.
6-7 Hume, David. *Moral and Political Philosophy*. Hufner Press, New
      York.

puede ser la fuente del bien o el mal moral.

Es decir que, para Hume, la moral está en el campo de las pasiones, o sea de los sentimientos. Podría parecer que en esta posición Hume estaría muy cerca del romanticismo y de Rousseau, pero la realidad es que su análisis ético estaría entre éste y el racionalismo. Es por esa razón que igualmente Hume, en sus apreciaciones morales, se aparta del principio general de la libertad, a la que iguala con *chance* –probabilidad–, y la considera en el reino de la necesidad.

Las disquisiciones de Hume sobre libertad y necesidad son realmente sutiles y diría que podrían ser controvertibles. En principio, desconocer la libertad del accionar del hombre dejaría a éste sin responsabilidad frente a sus actos. Para evitar esta consecuencia, Hume distingue entre la necesidad en nuestra conducta y la que se refiere a la materia. Así dice: "No dejemos que nadie haga una construcción envidiosa de mis palabras diciendo simplemente que yo sostengo la necesidad de las acciones humanas y las coloco en el mismo plano que las operaciones de la materia insensible. Yo no le adscribo a la voluntad esa ininteligible necesidad que se supone yace en la materia". Pero seguidamente dice: "Es solamente sobre el principio de necesidad que una persona adquiere algún mérito o demérito de sus actos, no obstante que la opinión común pueda inclinar a lo contrario".[8]

Es a partir de este concepto de necesidad que opera sobre la voluntad que Hume considera que la moral está en el campo de los sentimientos, los cuales de alguna manera están impresos en el alma humana. En tal sentido, afirma que, dado que la razón implica siempre cuatro tipos de relaciones, que son: semblanza, contradicción, grados de calidad y proporciones de cantidad y números, la moral recaería entonces en el objeto y no en la voluntad del sujeto actuante. En tal caso aun los objetos inanimados podrían ser susceptibles de belleza o deformidad moral.

La moralidad, sostiene Hume entonces, es más sentida que juzgada. Dado que la razón sólo nos permite saber qué es verdadero o falso, ella sólo puede actuar sobre nuestra voluntad de dos maneras. Y así dice Hume[9]: "Bien cuando excita una pasión informándonos

8-9 Hume, David. *Moral and Political Philosophy*. Hufner Press, New York.

de la existencia de algo que pueda ser un objeto apropiado de ella, o cuando descubre la conexión de causas y efectos de manera que nos provee los medios para ejercer alguna pasión". La pasión es el verdadero principio activo y éste no puede ser impulsado o reprimido por la razón, que es pasiva. Los razonamientos o juicios falsos nos pueden inducir a acciones indebidas, como consecuencia del error con respecto a la influencia de los objetos para producir pena o placer o bien no saber cuáles son los medios apropiados para satisfacer los deseos. Por ello dice Hume que tal conducta no puede calificarse de inmoral ni de irracional, sino que es sólo el juicio que ha sido errado.

Podemos concluir entonces con Hume que: en primer lugar, el mérito moral se deriva únicamente de la intencionalidad, o sea de las motivaciones de la voluntad; de ellas las acciones no son más que signos, y es aquí en lo que coincide con Kant. Segundo, que la apreciación que se tiene de tales acciones depende de la aprobación o desaprobación que surge como consecuencia del placer o la pena que las mismas causan en el observador; esa aprobación o desaprobación naturalmente es un sentimiento y no se deriva de un análisis de la razón. Tercero, que tal apreciación no significa que la moral es subjetiva, sino que se deriva precisamente de la necesidad, o sea de las motivaciones que operan sobre el individuo, como el afecto por los hijos. Pues si tales motivaciones no existiesen como antecedente de la conducta, ésta no sería esperable.

El análisis de Hume es decididamente interesante cuando, como consecuencia de la presunción de la primera de nuestras conclusiones, concluye que el motivo virtuoso que le otorga el mérito a la acción no puede ser la virtud de la acción misma, sino que tiene que existir otro motivo natural. Así dice Hume: "Nosotros culpamos al padre por abandonar a su hijo. ¿Por qué? Porque ello muestra la carencia de un afecto natural, que es el deber de cada padre. Si no fuera el afecto natural un deber, el cuidado de los hijos no podría ser un deber". Por con siguiente, concluye Hume[10]: "Ninguna acción puede ser virtuosa o buena moralmente, a menos que exista en la naturaleza humana algún motivo que la produzca, distinto del sentido de su moralidad".

En esta conclusión, Hume se aparta totalmente de la idea kantiana respecto de que la conducta moral no puede tener otro motivo que la aceptación racional del sentido del deber.

Es a partir de este criterio que Hume distingue entre moral y justicia. Si bien había señalado que no era posible determinar genéricamente si el vicio y la virtud eran naturales o artificiales, la justicia era precisamente un producto del artificio humano. Consecuentemente, así como la moral estaba en el campo de la intencionalidad, la justicia podría considerarse como utilitarista. Esta distinción entre moral y justicia es de la mayor importancia para la organización de la sociedad y es precisamente la que permite una sociedad pluralista fundada en la tolerancia.

La justicia es artificial, pero no arbitraria, y tiene como fundamento el objeto de una interacción social que permita superar precisamente la falta de sociabilidad del hombre, que coincide también con su necesidad de sociabilidad. Así Hume[11] reconoce que "no existe tal pasión en la mente humana, tal como el amor a la humanidad, meramente como tal, independiente de las cualidades personales, de servicios o de relaciones con nosotros mismos". Al mismo tiempo, Hume reconoce que la felicidad o la miseria de cualquier criatura nos afecta cuando ésta se acerca a nosotros. Pero este sentimiento proviene de la simpatía y no de un amor universal a la humanidad. Así, Hume distingue cómo la atracción de los sexos sí es real y es una pasión común en el hombre y nada parecido a ella es el amor a la humanidad. Por tanto, ni la benevolencia pública ni la privada pueden ser el motivo original de la justicia. Entonces la justicia es un instrumento artificial, aunque no arbitrario, no obstante que no hay virtud más natural que la justicia.

De la misma idea de justicia, Hume deriva la idea de propiedad y dice: "Después que se acepta esta convicción concerniente a la abstinencia respecto a la posesión de los otros, y todos han adquirido la estabilidad en sus posesiones, entonces surge la idea de justicia e injusticia; así como también la de propiedad, derecho y obligación". Y continúa: "La propiedad de un hombre no es natural sino moral y

10-11   Hume, David. *Moral and Political Philosophy*. Hufner Press, New York.

fundada sobre la justicia... El origen de la justicia explica el de la propiedad. El mismo artificio da lugar a las dos".[12] Así Hume explica la naturaleza de la justicia y de la propiedad como una necesidad para contrarrestar precisamente la naturaleza de las pasiones del hombre, que siempre dan preferencia a sí mismos y a sus amigos y no a los extraños. La justicia y la propiedad vienen así a solucionar las inconveniencias que crea, por una parte, la naturaleza de la mente humana (egoísmo y generosidad limitada) y, por la otra, la facilidad de cambio de los objetos externos, unida a su escasez en relación con las aspiraciones y deseos de los hombres. La conclusión de Hume en este aspecto es realmente sublime y diría que es el corolario de las anteriores aseveraciones: "Si los hombres fueran suplidos con todas las cosas en igual abundancia o si cada uno tuviera el mismo afecto y la eterna preocupación que tiene por sí mismo por los demás, la justicia y la injusticia serían igualmente desconocidas por la humanidad".[13]

La justicia como sistema es una necesidad incontrovertible de la sociedad, por las razones que se expusieron anteriormente. Pero asimismo es posible que un solo acto de justicia sea frecuentemente contrario al interés general o, si se quiere, a nuestra apreciación de la equidad y la moral. Así Hume expresa lo siguiente: "No obstante que un solo acto de justicia puede ser contrario al interés público o privado, es cierto que el plan completo o esquema es altamente conductivo, absolutamente requerido, tanto al sustento de la sociedad como al bienestar de cada individuo". Hume concluye: "Por tanto, el interés propio es el motivo original para el establecimiento de la justicia; pero la simpatía con el interés público es la fuente de la aprobación moral que tiene esa virtud".[14]

12-a-14 Hume, David. *Moral and Political Philosophy.* Hufner Press, New York.

3. Análisis crítico de Fundamentación de la Metafísica de las Costumbres de Kant

En el capítulo primero de la *Fundamentación de la metafísica de las costumbres*, Kant comienza diciendo: "Ni en el mundo ni en general tampoco fuera del mundo, es posible pensar nada que pueda ser bueno sin restricción a no ser tan sólo una buena voluntad". He aquí su gran y única coincidencia con David Hume, es decir que la moral está en el campo de la intención, o sea de la voluntad. Ese principio lo expande Kant diciendo: "La buena voluntad no es buena por lo que efectúe o realice, no es buena por su adecuación para alcanzar algún fin que nos hayamos propuesto; es buena sólo por el querer, es buena en sí misma"[15].

Seguidamente, Kant desarrolla su teoría del valor moral relacionado con la felicidad y la razón. En ese sentido, señala que esta última está lejos de ser el instrumento de la felicidad y que el instinto es un mejor instrumento para conseguirla. Así, señala cómo el hombre vulgar tiene una vida más feliz sin los problemas que crea la razón y dice: "En realidad encontramos que cuanto más se preocupa una razón cultivada del propósito de gozar de la vida y alcanzar la felicidad, tanto más el hombre se aleja de la verdadera satisfacción". Concluye entonces que, dado que la razón nos ha sido dada, ésta tiene como fin uno más digno que el de la mera búsqueda de la felicidad. Dice Kant al respecto: "Como, sin embargo por otra parte nos ha sido concedida la razón como facultad práctica, es decir, como una facultad que debe tener influjo sobre la voluntad, resulta que el destino verdadero de la razón tiene que ser el producir una voluntad buena, no en tal o cual respecto, sino buena en sí misma".

Esto significa que la felicidad buscada por la razón no puede ser la que se deriva de la inclinación, por más que ambas puedan coincidir, sino la que nace de un fin que sólo la razón determina. Así Kant

15   Kant, Emmanuel. *Fundamentación...*

describe cómo la máxima sólo tiene un contenido moral cuando la acción se realiza en contra de la inclinación. Da Kant una serie de ejemplos para mostrar esta valoración y entre ellos dice que, cuando una persona es naturalmente conmiserativa y deriva placer del dar, su acción no tiene un contenido moral, y concluye: "Pues le falta a la máxima contenido moral, esto es, que tales acciones sean hechas no por inclinación sino por deber".[16]

Tres máximas establece Kant para definir el valor moral de la conducta, que son:

1. La de procurar cada cual su propia felicidad no por inclinación, sino por deber; sólo entonces tiene su conducta un verdadero valor moral.

2. Una acción hecha por deber tiene su valor moral, no en el propósito que por medio de ella se quiere alcanzar, sino en la máxima por la cual ha sido resuelta.

3. El deber es la necesidad de una acción por respeto a la ley.

Una vez que Kant definió el valor moral de la conducta como el cumplimiento de la ley y contrario a la inclinación, tenía que hallar cuál era esa ley general. De ahí surge entonces lo que denomina el imperativo categórico, como único principio de voluntad, y que se define de la siguiente manera: "Yo no debo obrar nunca más que de modo que pueda querer que mi máxima deba convertirse en ley universal". Tal principio universal lo considera Kant accesible al hombre vulgar, que "sabe" por ese medio distinguir en cada caso, a partir de su razón, qué es el bien y qué es el mal. Y así dice: "Y que no hace falta ciencia ni filosofía alguna para saber qué es lo que se debe hacer para ser honrado y bueno, hasta sabio y virtuoso".[17]

En este aspecto, Kant hace una inferencia decididamente sorprendente, según la cual parecería que la razón práctica alcanza un ámbito de validez universal más allá de la experiencia que la propia razón pura, que entra en contradicciones cuando trasciende los límites de la experiencia. Y expresamente dice: "En lo práctico, en cambio, comienza la facultad de juzgar, mostrándose ante todo muy provechosa cuando el entendimiento vulgar excluye de las leyes prácticas todos los motores sensibles".[18] Es tal vez en este principio donde encontramos una mayor contradicción con los postulados de Hume, a los que nos referiremos en las conclusiones.

Es importante destacar, entonces, que razón práctica, para Kant, en modo alguno implica un concepto sacado de la experiencia. La popularidad de la razón vulgar ha sido lograda no como un conocimiento surgido empíricamente, sino como una metafísica de las costumbres que tiene su validez universal *a priori*, más allá de que alguna vez pueda encontrarse una conducta semejante en la experiencia. Kant enfatiza este punto diciendo: "Por todo lo dicho se ve claramente que todos los conceptos morales tienen su asiento y origen completamente *a priori*, en la razón, y ello en la razón humana más vulgar tanto como en la más altamente especulativa; que no pueden ser abstraídos de ningún conocimiento empírico, el cual por lo tanto sería contingente, que en esa pureza de su origen reside su dignidad de servirnos de principios prácticos supremos... Puesto que las leyes morales deben valer para todo ser racional en general...".[19]

Esta metafísica de la moral, aparentemente privada de todo concepto de finalidad, parecería un ejercicio inválido para el fin de la humanidad. Pero es así que al pasar y casi imperceptiblemente Kant pareciera aceptar que en última instancia esta conducta moral *a priori* e intencionalista determina un mayor bien en el mundo. Salvo que este bien sea sólo medible en las conciencias, independientemente de los resultados, surge una cierta contradicción entre los postulados abstractos de la razón *a priori* y el bien del mundo.

Por ello, ¿en qué forma podemos interpretar la siguiente conclusión de Kant respecto a la posibilidad de una antropología que influyese sobre las costumbres en la determinación del deber? Dice: "Ni siquiera sería posible, en el mero uso vulgar y práctico de la instrucción moral, asentar las costumbres en sus verdaderos principios y fomentar así las disposiciones morales puras del ánimo o inculcadas en los espíritus para el mayor bien del mundo".[20]

Dos cuestiones se me presentan como consecuencia de esta conclusión frente al postulado kantiano de la razón vulgar. La primera

16 a 20 Kant, Emmanuel. *Fundamentación...*

sería: si la razón vulgar es capaz de conocer los principios *a priori* del bien y del mal, ¿para qué sería necesario fomentar e instruir al hombre en esta metafísica *a priori*, que parecería estar más cerca del hombre vulgar que del filósofo, según las propias palabras de Kant? En segundo término, me queda una incógnita más problemática. ¿Qué quiere decir Kant cuando apunta "para el mayor bien del mundo"? Si el bien es sólo la buena voluntad, la resultante para el mundo (la sociedad en su conjunto) parecería ser indiferente al concepto de bien. De lo contrario, habría que suponer que Kant intuye una causalidad no expresa entre la "buena voluntad" (intención) y el bien general, al menos como probabilidad para el conjunto.

Así, el imperativo categórico, por más que pueda considerarse como tal en el plano de lo individual, pasa a la categoría de hipotético cuando se traslada al campo de lo universal, o sea de la sociedad en su conjunto. Es decir, tal como lo define Kant, el imperativo es hipotético cuando una acción es buena sólo como medio para alcanzar un fin, pero es categórico cuando es buena en sí porque la voluntad es conforme con la razón. Pero, ¿qué sentido tendría el conjunto de los imperativos categóricos, o sea la conformidad de la voluntad con la razón, si ésta no sirviera para lograr un mayor bien de la sociedad? Y en tal caso, el imperativo categórico en la conducta individual se transforma en un medio o en hipotético, cuando se considera la conducta de la sociedad en su conjunto y los fines de bien de la misma.

Es indudable, sin embargo, que Kant no considera la felicidad como un objeto de la razón; por lo tanto, ésta se encuentra fuera del campo de la moralidad. Así dice: "Determinar con seguridad y universalidad qué acción fomenta la felicidad de un ser racional es totalmente insoluble".[21] Por tanto, los imperativos hipotéticos son más bien consejos y no mandatos. En cambio, de la moralidad de un imperativo categórico podemos colegir que no existe relación entre moral y felicidad, pues de lo contrario aquélla devendría en un imperativo hipotético. Así, Kant define el deber como una ley universal, absoluta y *a priori*; para llegar a él hace una advertencia: "Que a nadie se le ocurra derivar la realidad de ese principio de las propiedades particulares de la naturaleza humana".[22]

Se me antoja que, en esta observación sobre la naturaleza humana, Kant crea una dicotomía esencial. Así, sería humano todo lo que tiene que ver con los sentimientos, en tanto que la racionalidad se encontraría fuera de esa naturaleza. Es más, de sus asertos podría colegirse que lo humano es lo contingente y, más aún, de donde deviene toda clase de falibilidad del hombre. Por el contrario, encuentra en la racionalidad una categoría absoluta que se autodetermina y que en materia de moral es omnisciente, ya que a partir del imperativo categórico es capaz de discernir, sin lugar a error, entre el bien y el mal. El error no sería nunca la razón sino de los elementos subjetivos y contingentes que influyen sobre la voluntad y la desvían de su curso racional o moral. Esta conclusión quedaría explicitada cuando Kant nos ordena, más que explica: "...no esperar nada de la inclinación humana sin aguardarlo todo de la suprema autoridad de la ley y del respeto a la misma, o, en otro caso, condenar al hombre a despreciarse a sí mismo y a execrarse en su interior".[23]

Es de esta racionalidad absoluta del hombre que Kant deriva la naturaleza misma de la persona, a diferencia de las cosas. Así, propone su segundo principio fundamental, que complementa el imperativo categórico y que expresa: "Los seres racionales llámanse personas porque su naturaleza los distingue ya como fines en sí mismos, esto es como algo que no puede ser usado meramente como un medio y por tanto limita en este sentido todo capricho".[24] Es de este concepto que a su vez deriva el imperativo práctico que dice: "Obra de tal modo que uses a la humanidad, tanto en tu persona como en la persona de cualquier otro, siempre con un fin al mismo tiempo y nunca solamente como un medio".[25]

El tercer principio derivado de esta calidad de la racionalidad es la idea de voluntad de todo ser racional como una voluntad "universalmente legislativa". Ésta es, sin lugar a dudas, una ampliación del concepto de la voluntad general de Rousseau; de la misma forma Kant considera esa voluntad no sólo sometida a la ley, sino que es ella misma legisladora. Y esa voluntad no puede fundarse en interés al-

21 a 25 Kant, Emmanuel. *Fundamentación...*

guno. Es a este principio, por el cual la voluntad no sólo está sometida a la ley sino que es a su vez legisladora y no tiene como fundamento interés alguno, a lo que Kant denomina la "autonomía" de la voluntad, en oposición a cualquier otro que califica de "heteronomía".
Ése es el reino de los fines prescindiendo de las diferencias entre los
seres racionales y de todo contenido de fines privados. Si bien el propio Kant considera tal posibilidad como un ideal, no es menos cierto
que, tal como señala Hume, si la conducta de los hombres pudiese estar sujeta a tales máximas, entonces la propia idea de justicia desaparecería y ninguna ley ni gobierno serían necesarios. La autonomía
de la voluntad es, pues, para Kant, el principio supremo de la moralidad, que define de la siguiente manera: "La autonomía de la voluntad es la constitución de la voluntad, por la cual es ella para sí misma
una ley, independientemente de cómo están constituidos los objetos
del querer".[26]

De aquí pasa Kant, en el tercer capítulo, al dar el paso de la
metafísica de las costumbres a la crítica de la razón pura práctica. En
este paso, Kant se adentra en el concepto de la libertad como presupuesto de la moralidad y comienza diciendo: "Voluntad es una especie de causalidad de los seres vivos, en cuanto que son racionales, y
libertad sería la propiedad de esa causalidad, por lo cual puede ser eficiente independientemente de extrañas causas que la determinan".
Para Kant, entonces, la libertad de la voluntad es la autonomía, o sea
la voluntad de ser una ley para sí mismo, pero sólo en cuanto pueda
ser objeto de una ley universal. Por consiguiente, sostiene Kant que:
"Voluntad libre y voluntad sujeta a leyes morales son una y la misma
cosa".[27]

De hecho, Kant sostiene que es necesario suponer la libertad, ya
que no se ha demostrado su existencia, pero es una condición necesaria para considerar al hombre como racional y, por tanto, sujeto de
la moral. Pero asimismo encuentra un círculo vicioso en esta suposición de la libertad y dice: "Nos consideramos libres en el orden de las
causas eficientes, para pensarnos sometidos a leyes morales en el orden de los fines, y luego nos consideramos sometidos a estas leyes

porque nos hemos atribuido la libertad de la voluntad".[28] Al igual que Hume, Kant también considera que no conocemos las cosas en sí mismas (*noumenos*), sino tan sólo cómo nos afectan, o sea fenómenos. Es a partir de esta diferencia que Kant intenta romper ese círculo vicioso distinguiendo a su vez entre los dos puntos de vista respecto de los cuales el hombre es capaz de considerarse a sí mismo: "El primero en cuanto a que pertenece al mundo sensible bajo leyes naturales (heteronomía), y el segundo como perteneciente al mundo inteligible, bajo leyes que independientes de la naturaleza no son empíricas, sino que se funden solamente en la razón"[29] (autonomía de la voluntad). Tenemos entonces que en el mundo inteligible el hombre puede pensar la causalidad de su propia voluntad sólo bajo la idea de la libertad. Por tanto, la libertad se halla inseparablemente unida al concepto de autonomía y con ésta al principio universal de la moralidad que sirve de fundamento a la idea de todas las acciones de seres racionales.

El mundo inteligible, según Kant, contiene asimismo al mundo sensible, pero las acciones conformes al primero, como manifestación de la autonomía de la voluntad, se encuentran sostenidas en el principio supremo de la moralidad; por el contrario, aquellas que se conforman a la ley natural en el mundo sensible, se sustentan en el principio de la felicidad (heteronomía). Ahora bien, en función de que ese mismo mundo inteligible contiene al mundo sensible, es sólo a partir de aquél que el hombre debe estar sometido a la ley de la razón. Y expresa: "Por consiguiente, las leyes del mundo inteligible habré de considerarlas para mí como imperativos y las acciones conformes a este principio como deberes".[30]

Aquí vemos en Kant una dicotomía dramática entre la felicidad y la moralidad, que ya había apuntado anteriormente. Tanto que, aun cuando él mismo sostiene que hasta el más bribón tiene sentimientos buenos o más bien aprecia los buenos sentimientos, se ve impedido de realizarlos como consecuencia de sus inclinaciones, Así, ya Kant nos había señalado que la moral sólo es digna cuando la acción se realiza por deber y sólo por deber y ni siquiera cuando éste es conforme a las inclinaciones del hombre. Es evidente que esta dicotomía tiene efec-

26 a 30 Kant, Emmanuel. *Fundamentación...*

tos trascendentes en una sociedad en la cual parecería necesario que toda su moralidad se sustentara en evitar la búsqueda de la felicidad, que es tan sólo contingente y heterónoma.

4. Análisis comparativo

El análisis realizado precedentemente ha tenido por objeto fundamental encontrar las fuentes de las diferencias que se han producido entre el desenvolvimiento político anglosajón y la Europa continental. En ese sentido, tal como expliqué en la introducción, he tomado a David Hume y Emmanuel Kant como los representantes por antonomasia de las respectivas éticas que a mi juicio dieron lugar a dos procesos políticos diametralmente opuestos.

Este análisis reviste el mayor interés en el plano fundamental del papel de la razón, ya que en el mismo he hecho abstracción de las connotaciones religiosas que influyeron en los distintos cursos históricos de esa brecha cultural que se abre en el Canal de la Mancha. De más está decir que la civilización es el proceso por el cual la razón adquiere un papel relevante en la sociedad, frente al fanatismo religioso. Por eso me ha parecido del mayor interés analizar la ética a partir del momento histórico en que ya Europa, a uno y otro lado del Canal de la Mancha, había iniciado el proceso de separar a Dios del César. Por ello, no obstante, más allá de ejemplos en contrario, como puede ser el caso lamentable de España, las concepciones éticas que surgieron a ambos lados del Canal de la Mancha produjeron sociedades de muy distinta naturaleza. Es mi criterio que de Inglaterra surgió, a la luz del empirismo como instrumento del sustrato de la duda socrática, la sociedad abierta defensora de los derechos individuales y sustentada en la libertad del hombre. Por el contrario, la Europa continental encuentra en Kant la continuidad del *Discurso del método*, aplicado en el absoluto racional de la moral rousseauniana. Igualmente pienso que, más allá de la intención "moral" del genio de Koenigsberg, sus postulados dieron pautas fundamentales a las doctrinas que más tarde habrían de resultar en la cosmovisión totalitaria. Así el totalitarismo es, a mi juicio, la intelectualización del despotismo, sustentado, en este caso, en el absoluto de la razón como origen prístino de la moral que pretende ignorar la falibilidad del hombre no sólo en el mundo sensible, sino igual y peligrosamente en el mundo inteligible. Hasta Friedrich Nietzsche, en su *On the Genealogy of Morals (Sobre la genealogía de las morales)*, señala que hay algo de cruel en el imperativo categórico.[31]

Ambos filósofos fundamentan la moral en la intencionalidad, o sea en la voluntad, pero aquí se agotan las coincidencias relevantes entre los dos. De este punto de partida común, Hume fundamenta la naturaleza de la moral en el mundo sensible y por tanto en la experiencia. Kant, por el contrario, establece que la razón es la característica por antonomasia de la persona y sólo a ella se refiere la moral que tiene consiguientemente un carácter universal y *a priori*.

Al fundamentar Hume la moral en el mundo sensible, encuentra en la experiencia que el hombre se desenvuelve en un mundo de la necesidad. Esta necesidad, como opuesta a la libertad, que considera el mundo de lo contingente, no es igual que la causalidad que se produce en el mundo de las cosas materiales. Es de esta conclusión que deriva la existencia de condicionamientos materiales de la voluntad que prescriben el comportamiento moral. Así, señala que el afecto por los hijos es un sentimiento que, si no existiera en la propia condición humana, no sería exigible a los padres el cuidado de los mismos.

Es por ello que Hume distingue entre el carácter de la moral como virtud y el de la justicia, que considera una virtud de naturaleza particular. Esta distinción es de la mayor importancia. La moral, nos dice, es más sentida que juzgada por el espectador imparcial. Las acciones, entonces, no son más que signos a través de los cuales podemos inferir (o no) la voluntad o intención moral del sujeto actuante. Es la justicia, por el contrario, el instrumento para la convivencia social y,

---

31 Nietzsche, Friedrich. *On the Genealogy of Morals*. Vintage Books, New York.

desde este punto de vista, sus juicios tienen un objeto o una finalidad y por tanto trasciende, o si se quiere ignora, la intencionalidad.

En Kant, la moral se encuentra en el mundo inteligible y de éste deduce la necesidad de la libertad como sustrato universal de la voluntad. Es esta relación entre voluntad y libertad lo que Kant denomina su doble condición de sujeto de la ley y legislador universal. Este carácter de legislador de la voluntad y que opera a semejanza de la causalidad en el mundo de las cosas inanimadas, se sustenta en el imperativo categórico. O sea, aquel que manda obrar en cada caso conforme a un principio que pueda tener el carácter de universalidad.

Parecería que esta autonomía de la voluntad implica decididamente una racionalización de la voluntad general como legisladora de sí misma, tal como fue originalmente expuesta por Rousseau en *Contrato social*. De aquí surgió asimismo la eticidad hegeliana, que consideró a la burocracia como representante de los intereses generales (debe ser en términos kantianos), en oposición a la concupiscencia (intereses privados) de la sociedad civil. Esta dicotomía ética se percibe asimismo en Kant, cuando denosta la prudencia como un mero propósito de llenar la bolsa. Así, Kant expresa que en el reino de los fines lo único que posee dignidad es la moral, los demás actos tienen un precio. De aquí que el comercio, por definición, carece de moral. Según Kant, el comercio tiene la posibilidad de cobrar un sobreprecio, o bien la competencia se lo impide, pero de ninguna manera su accionar puede considerarse como resultado de obrar por deber a sus principios de honradez.

Es a mi juicio indudable que Hegel, imbuido de este mismo criterio racional de la moral como valor absoluto, encontró que el tal reino de los fines se contradecía con las posibilidades de la voluntad general, así expuesta como interacción del hombre digno. Por consiguiente, encontró en el monarca la expresión teleológica de la voluntad general y en la burocracia el instrumento de la moral universal. La búsqueda de la felicidad individual, pues, resulta un mero capricho de aquellos que se dejan llevar por la felicidad del mundo sensible (heteronomía de la voluntad), incapaces de cumplir con el imperativo categórico, que ya en el mundo hegeliano se expresa como la voluntad del monarca. Podemos ver aquí el paso trascendente, vía la moral del origen de la intelectualización del despotismo, que constituye el totalitarismo.

En Hume vemos, por el contrario, el intento de usar los impulsos de la naturaleza humana para lograr los fines de la convivencia social. Podremos discutir si el concepto de libertad como mera probabilidad (chance) es válido; mi criterio coincide con el de Popper[32]: es incompleto. Pero el mundo de la necesidad a que se refiere Hume es el intento de encontrar las motivaciones de los hombres y su capacidad e incapacidad para la convivencia social. La justicia, como instrumento artificial de la sociedad trasciende la moral como mera intencionalidad y se constituye como el medio que muestra la razón empírica para lograr la estabilidad de la convivencia social.

Consciente, pues, de las preferencias humanas por el bien inmediato, así como de la escasez de los bienes respecto de las aspiraciones o deseos del hombre, Hume encuentra en la justicia la contrapartida de la propiedad, el derecho y las obligaciones. De aquí determina que la estabilidad social se sustenta en la estabilidad de la posesión, la transferencia por consenso y el cumplimiento de las promesas. Hume, al igual que Kant, sabe que la felicidad es contingente, pero, lejos de proscribir la búsqueda a través de un imperativo moral absoluto, establece las normas dentro de las cuales le es permitido a cada cual la búsqueda de su propia felicidad. No existe contradicción *a priori* entre los intereses privados y el interés público. El ámbito de la libertad individual, considerada como la falta de coacción, se extiende en la sociedad anglosajona, en tanto que se reduce del otro lado del Canal de la Mancha. Democracia y libertad fueron los resultados de esta cosmovisión humana frente al totalitarismo y la opresión en que desembocaron siempre las pretensiones morales del racionalismo kantiano, las cuales influyeron en mayor o menor medida en la Europa continental hasta después de la Segunda Guerra Mundial.

El bienestar de la sociedad no puede depender de la intención

32 Popper, Karl. *Conjectures and Refutations*. Harper and Row Publishers.

moral de las acciones de los ciudadanos. Es por ello que, dado que la moral está en la intencionalidad que refleja las motivaciones, por un lado, y nuestra falibilidad racional, por el otro, la distinción entre ésta y la justicia es fundamental. Es esta confusión kantiana entre moral y justicia la que impide de hecho una moral media, en función de un imperativo categórico que no se cumple y que además es imperceptible a los ojos del observador, pues el sentido del deber, o sea la causa última que lleva al sujeto actuante a cumplir la norma, sólo es perceptible en todo caso para él mismo. La justicia, en el sentido de Hume, tiene pues un decidido sentido utilitarista, aun cuando no pretenda una medición cuantitativa del bienestar. El ideal kantiano, por el contrario, fracasa en el absoluto y permite a su vez una estructura que, pretendidamente moral, se impone sobre la conciencia y termina por eliminar todo vestigio de libertad y de justicia. Ésos son los resultados de la diferencia entre la máxima de "Vivir y dejar vivir" (*To live and let live*) y el imperativo categórico, como observó Steffan Zweig poco antes de su muerte.

IV. DERECHOS INDIVIDUALES E INTERESES PARTICULARES

1. Valores e intereses

Creo que nos ha tocado vivir una época realmente sublime. Nunca antes el hombre tuvo tantas oportunidades ni pudo tomar por dados tantos beneficios. Tanto que muchos de ellos hoy se presentan como si fueran derechos naturales, o sea provenientes de la propia naturaleza en la que se incluye al hombre. Tal vez el signo de la época en que vivimos, y que se acerca al siglo XXI, es haber aprendido que es posible mejorar sin ser perfectos y que la perfección del hombre consecuentemente no es la condición *sine qua non* de ese mejoramiento. Claro que todavía nuestra sociedad, ante las posibilidades del holocausto nuclear, parece añorar la "felicidad" bucólica de la Edad Media. Por supuesto, los mismos que así manifiestan su disconformidad con la sociedad contemporánea son los que hacen uso irrestricto de las posibilidades tecnológicas del mundo desarrollado.

Esa percepción contradictoria de la realidad se sustenta en nuestras propias preferencias, que implican la pretensión de desconocer el costo del progreso. Ese costo no es más que la realidad de que toda preferencia implica una decisión y esa decisión significa que la aceptación de lo preferido conlleva necesariamente el abandono de su alternativa. Pero tenemos todavía sociedades que en mucho funcionan como en la Edad Media y es en éstas donde la contradicción se hace más evidente. Se quiere disfrutar de los resultados de las sociedades peyorativamente denominadas de consumo, sin pagar sus costos, olvidando la interdependencia entre la disponibilidad de bienes y servicios y las características eticosociales y políticas de las sociedades desarrolladas.

Una vez que aceptamos como positivas las disponibilidades tecnológicas desarrolladas al amparo de la ciencia, o sea del conocimiento, es propio que intentemos una investigación sobre sus determinantes. Como primera aproximación, puedo decir que el desarrollo tecnológico no se explica por sí mismo, sino que tenemos que buscar sus causas fuera de la propia ciencia. En otras palabras, quiero decir que las teorías mecanicistas no serían aceptables no sólo en la evolución histórica del hombre en el planeta y sus instituciones políticas, sino tampoco en la propia dinámica del conocimiento científico y la evolución tecnológica.

Nuestra sociedad, con todas sus facetas positivas y negativas, es el producto del accionar del hombre y es indudable que ese accionar se asienta en una confluencia entre valores e intereses. De la idea inefable del bien como carácter absoluto, que dio lugar a las utopías, se pudo pasar al supuesto realismo de Maquiavelo y de Mandeville. La razón de Estado fue la expresión de una metamoral no accesible a la media de la ciudadanía, en tanto que la concepción de que los vicios privados hacían al bien público nos privaba del propio concepto de la moral. Ambas pretensiones habrían de desembocar en el nihilismo. Pero he aquí que el mayor mentís al nihilismo es la existencia misma de la sociedad moderna como una simbiosis magnífica de valores e intereses. En otras palabras, una manifestación de la posibilidad política de armonizar las características fundamentales de la naturaleza del hombre: razón, sentimientos y sentido de trascendencia. Y esa armonización sólo ha podido lograrse en la medida misma en que los absolutos han desaparecido como precondiciones del progreso.

La razón es el carácter distintivo del hombre con respecto a los animales, pero ello no quiere decir que razón sea igual a verdad ni que el error sea el producto de la irracionalidad. Muy por el contrario, los errores son racionales y en muchos casos el producto del intento de alcanzar el conocimiento. Esto significa que el mundo de lo desconocido es amplio y aún crece, en la medida en que avanza la ciencia. Y ésta sólo puede avanzar precisamente porque el conocimiento, en cualquier momento de la historia, no es absoluto sino contingente y, por tanto, sujeto a su falsificación en su contrastación con la realidad. Igualmente, los sentimientos o las pasiones, como los denominan los filósofos morales anglosajones, constituyen una característica fundamental de la naturaleza del hombre y, tal como nos enseña David Hume, los verdaderos determinantes de nuestro accionar. Estos sentimientos, tal como enseñó Aristóteles, podrán ser positivos o negativos en función de sus excesos o sus defectos, pero en todo caso constituyen las motivaciones del hombre y de ellos se derivan sus intereses. Por último, el hombre tiene asimismo la conciencia de su propia finitud y de la ignorancia respecto de la vida después de la muerte. Es de esta conciencia que surge la razón de ser de las religiones, las cuales han existido desde que el hombre hizo su irrupción en el planeta.

Estos tres factores ponen entre sí los límites del absolutismo que se pretende en los valores; de allí surge igualmente la validez de los intereses particulares, que se reconocen precisamente en el principio de la libertad y de los derechos individuales. Consciente, pues, la sociedad de la interacción de estos elementos de la naturaleza del hombre, hubo de encontrar la posibilidad de la libertad precisamente en la necesidad de un poder regulador, al tiempo que se limitaba el poder de los hombres que lo representaban.

Tanto la sociedad teocrática como el jacobinismo racionalista, o el nihilismo, o el descreimiento social, implican una exacerbación política de la validez de alguna de las cualidades de la naturaleza humana. La sociedad que pretende desconocer los intereses motivados por las pasiones de los hombres, sólo logra que éstos se escondan tras el poder político absoluto. En esta pretensión han coincidido tanto el teocratismo como el jacobinismo, aunque se supone que son opuestos irreconciliables, pero generan las dos clases de fanatismo que han asolado a la humanidad: el religioso y el racionalista. Por su parte el nihilismo romántico dio paso irrestricto a las pasiones, implicando en su propia concepción la vuelta al estado de naturaleza, donde reina la arbitrariedad de la ley del más fuerte.

No podemos dejar de reconocer el largo camino recorrido para alcanzar el estadio histórico en que nos encontramos, para el que ha contribuido esa simbiosis de valores e intereses. Esos valores que limitan la conducta no pueden menos que reconocerse en función de su contribución al interés general, que de ninguna manera es un concepto *a priori* ni cuantificable. Es por ello que los intereses particulares, al constituir las motivaciones del hombre, cualesquiera sean sus implicaciones, son y pueden ser armónicos con ese interés general. Esos intereses individuales son entonces limitados en la conciencia por los valores (ética) y en la práctica por la distribución del poder (ciencia política).

2. Estado y mercado: entre el orden y la libertad

Voy a insistir en un tema que creo es de la mayor importancia en el proceso de civilización de la sociedad. El mismo se refiere a las relaciones entre el sistema político (la estructura del Estado) y la moral pública e individual como determinantes del denominado bien común. Recientemente, planteé la relación entre la moral del sistema y la del hombre, pero parecería que quedó pendiente responder la pregunta: ¿quién define el sistema?

La respuesta, a mi juicio, no podría ser que depende de una antropología que determine diferencias esenciales entre los hombres, que pudieron estar referidas a lo genético. Yo creo, por el contrario, que las diversas estructuras sociales son manifestaciones de la cultura. Y esas manifestaciones dependen fundamentalmente de una interacción entre los valores y una teoría sobre la naturaleza del hombre.

No creo, sin embargo, que esta manifestación de la cultura que responde a la sociedad democrática liberal haya estado presente en la historia de la humanidad paradigmáticamente, sino que constituye la culminación de un proceso. Como bien señala David Hume en su *Historia de Inglaterra*, la libertad individual es la culminación de un proceso. Es por ello que considero fundamental el estudio de la historia para aprehender el carácter fundamental de la naturaleza del hombre.

De lo dicho anteriormente, se deriva el aserto de que es imposible que un sistema político dado funcione eficientemente si no está amparado por una concepción ética que lo sustente y lo justifique. En otras palabras, puede decirse que, en una sociedad donde esa conceptualización de la ética determina la desvalorización de los intereses privados, es imposible la libertad como expresión de los derechos individuales. Es esta permanente contradicción quizá la mayor determinante de los sucesivos fracasos de la historia de las sociedades democráticas, particularmente de los intentos europeos previos a la segunda posguerra y de los procesos políticos de América Latina.

Ni siquiera se puede empezar a hablar del pluralismo político o de límites al poder político, cuando apriorísticamente se reconoce una contradicción entre los intereses particulares y los intereses generales. Ahora bien, a mi criterio, esta ética de la posibilidad de la armonía entre los intereses generales y los particulares surge como un proceso cultural y no ha sido históricamente patrimonio de raza alguna. Si este cambio cultural entre dos diferentes conceptualizaciones de la ética fuera un problema genético o producto de climas determinados, tendríamos necesariamente que abdicar del intento de extender a la humanidad este privilegio de la historia que constituye la sociedad democrática liberal.

La propia historia de Inglaterra, según Hume, nos muestra cómo a partir de 1688 se produjo ese cambio cultural que permitió la viabilización política de la libertad individual, a través de la limitación de las prerrogativas del rey y de la liberación de las tiranías de las mayorías. Esa expresión política se sustenta, entonces, en una determinada conceptualización ética que concibe la libertad como un subproducto de la vigencia de la ley. Es decir que en la misma queda desterrada la idea de la anarquía como paradigma de la libertad, que fue precisamente la pretensión del racionalismo marxista, en un mundo que había superado el problema de la escasez.

Admitida, pues, la vigencia de la ley como determinante de la posibilidad de la libertad individual en el plano de lo político y la posibilidad de la armonía entre los intereses particulares y los generales en el plano de la ética, es absurdo el planteo de la contradicción absoluta entre el Estado y el mercado. A mi juicio, este problema surge de una conceptualización realista de los universales, en lo que se refiere tanto al Estado como al mercado. Tenemos entonces que, al absolutizarse tales conceptos, desaparece de la problemática social nada menos que el hombre mismo, cuyo carácter esencial es la imperfección, o sea su propia falibilidad.

No fue por casualidad que los anglosajones, al percibir esa inconsistencia, desacralizaron el Estado como concepto universal, para descomponerlo en su naturaleza humana. Fue así que Madison, en *El Federalista*, definió el gobierno como una administración de hombres sobre hombres. Es sólo frente a esta noción que es éticamente posible sustentar la división de los poderes como la forma idónea de limitar el poder del Estado. No fue otro que nuestro Alberdi quien, en su magnífica exposición "El despotismo del Estado", presentó una acabada descripción de las falacias éticas que nos llevaron al despotismo y concluyó: "De las consideraciones que preceden, se deduce que el despotismo, la tiranía frecuente de los países de Sudamérica, no residen en el déspota y en el tirano, sino en la máquina o construcción mecánica del Estado, por la cual todo el poder de sus individuos, refundido y condensado, cede en provecho de su gobierno y queda en manos de su institución".

Igualmente, la conceptualización mecánica del mercado proviene de la ignorancia de los hombres que, en sus decisiones privadas, buscan satisfacer sus necesidades y sus deseos. El mercado, pues, no es una entelequia tampoco, sino el resultado de los comportamientos de los hombres, el cual será tanto o más beneficioso en la medida en que se cumpla la ley. Ahora bien, parecería que entramos en una tautología si no definimos el carácter de la ley a la que nos estamos refiriendo. Ésta no es otra que aquella que permita satisfacer los intereses particulares, en la medida en que no se vulneren iguales derechos de los demás. Éste y no otro es el significado profundo de la igualdad ante la ley, que es válido tanto para el hombre que actúa en el mercado como para los funcionarios encargados de aplicar la ley.

Humanizados así los conceptos de Estado y mercado, desaparece la dicotomía hegeliana entre el Estado como representante de la ética (intereses generales) y el mercado como expresión de la concupiscencia (intereses particulares). Entonces, las relaciones entre el gobierno y los individuos se encuadran en la necesidad de un equilibrio permanente entre la libertad y el orden. El equilibrio surge precisamente de la presunción de la armonía posible entre los intereses particulares y los generales, en la medida en que la ley alcance tanto a los funcionarios públicos como a los gobernados. La limitación del poder político y la propiedad privada, como reconoce hoy la propia Encíclica *Centesimus Annus*, representan el arbitrio de la sociedad para lograr el deseado equilibrio entre orden y libertad.

V. DE LOCKE A MONTESQUIEU

Si bien fue John Locke, en sus dos tratados sobre el gobierno civil, publicados en 1689, quien primero propuso la doctrina de la división de los poderes, no es menos cierto que en nuestros medios ha sido Montesquieu quien parece haber tenido mayor influencia al respecto. Tanto que es muy probable que la mayoría aún crea que fue *El espíritu de las leyes*, publicado en 1748, de Carlos Luis de Secondat, barón de la Brede y de Montesquieu, el origen de esa doctrina.

La realidad es que, si bien hay coincidencias profundas entre el filósofo de la Revolución Gloriosa y el barón de Montesquieu en sus consideraciones políticas, las diferencias son a mi juicio lo suficientemente importantes como para ser determinantes de formas políticas muy distintas. Se ha dicho que Montesquieu malinterpretó a Locke en su doctrina de la distribución del poder en su representación de la Constitución inglesa, que analiza en el capítulo XI, donde asimismo trata de definir el concepto de libertad. Esa crítica, sin embargo, a mi juicio no es válida si se tiene en cuenta la obra de Locke en ambos tratados en su conjunto y el propósito que lo anima. La obra política de Locke comienza por resolver un problema de su tiempo y que hoy nos puede parecer pueril: el derecho divino de los reyes. A este tema dedica el primero de los tratados y es en el segundo donde se encuentran los principios que deben regular a la sociedad civil (Common-wealth).

Locke y Montesquieu coinciden en que los derechos que deben proteger las leyes son anteriores a ellas, pero hay diferencias de análisis sociológico entre ambos autores. Mientras que Locke cree haber encontrado el esquema de sociedad que apunta mejor a satisfacer la naturaleza del hombre, el francés, más influenciado por Aristóteles, concibe distintas clases de gobierno que serían apropiados, según sea la naturaleza de los hombres. No voy a considerar la evidente disputa sociológica, sino que me voy a limitar a tratar de definir las derivaciones éticas que en relación con el poder pueden encontrarse en ambos autores.

Al desmistificar el origen divino de la monarquía, Locke pretende restarle legitimidad al poder absoluto del rey, que había sido el carácter tanto de los Estuardo como de los Tudor en Inglaterra. Ni qué decir de los representantes reales del Continente, los Borbones, los Habsburgo y los Romanov. La contrapartida de la falta de legitimidad del poder absoluto no era otra cosa que la legitimidad del hombre en el estado de naturaleza. Todos los hombres eran personas con virtudes y falencias y el gobierno era el instrumento de éstos para la defensa de sus derechos, en el estado de naturaleza, en la búsqueda de su felicidad.

La sociedad civil o Commonwealth es, pues, el reconocimiento de la necesidad de un tercero que dirima los conflictos de intereses, para evitar que cada uno pueda ser juez de su propia causa. Bien describe Locke que el estado de guerra no es el estado de naturaleza, sino precisamente la violación de este último en contraposición a la doctrina hobbesiana de todos contra todos. Para Hobbes, el Estado era el origen de los derechos, pues era éste el que imponía la paz donde había guerra. En Locke, por el contrario, el gobierno es el arbitrio para impartir justicia, es decir, el reconocimiento de los derechos que son anteriores a la existencia de éste.

De esta doctrina surge claramente definido el carácter limitado del poder político, que Locke expresa con palabras elocuentes al de-

cir: "Tal como cuando los hombres, abandonado el estado de naturaleza, entrando en la sociedad, hayan acordado que todos ellos ex-
cepto uno debiera estar bajo las restricciones de la ley; pero que él todavía retendría la libertad del estado de naturaleza, incrementada con
el poder y hacerlo lícito por la impunidad. Esto es como pensar que
los hombres son tan tontos que se cuidan de evitar lo que pueden hacer los gatos salvajes y los zorros, pero están contentos y piensan que
están a salvo para ser devorados por leones".

Vemos así cómo los derechos son previos a los gobiernos y éstos
son personas como los demás hombres. Es por ello que Locke dice
que sin propiedad no hay justicia, usando en esta frase la palabra
propiedad en su sentido más amplio, que incluye la vida, la libertad
y la propiedad (propiedad en sentido restricto). Al dar a la propiedad
un origen anterior a la existencia del gobierno y diferenciar el estado
de naturaleza del estado de guerra, Locke pretendía eliminar los argumentos que justificaban el absolutismo político. Hasta ese entonces,
el Estado, representado por el monarca, zar, sátrapa, etc., había tomado el lugar de Dios y la consecuencia era esperar del ciudadano la actitud de Job: "Si Dios me lo dio, Dios me lo quitó, alabemos al Señor".

En este empeño de elevar a los hombres por encima de la arbitrariedad de un hombre, Locke pretendió, a través del Parlamento,
limitar el poder del rey, o sea del ejecutivo. Si bien al referirse a la estructura del Parlamento, Locke incluye al ejecutivo como formando
parte del mismo, ello no puede interpretarse como la abolición total
de los poderes del rey. Esto se encuentra bien aclarado por Locke en
el capitulo "De las prerrogativas", que comienza diciendo: "Donde el
poder legislativo y el poder ejecutivo se encuentran en distintas
manos, tal como están en todas las monarquías moderadas y en los
gobiernos bien organizados".

Locke concibe la idea de la interrelación unívoca entre justicia y
propiedad. Esta idea es más tarde desarrollada por Hume, que en su
Tratado sobre la naturaleza humana describe con claridad la interrelación entre moral, justicia y propiedad. Esta concepción es tan
trascendente, que de ella depende la diferencia fundamental entre los

dos sistemas políticos que se presentan como alternativas a la humanidad. Fue Rousseau quien primero señaló la propiedad como el origen de las desigualdades humanas y, por ende, como la causa de injusticia existente, confundiendo justicia y moral. De aquí que Marx ahondara en tal presupuesto y derivara de la propiedad privada de los medios de producción la causa determinante de la injusticia que producía la alienación y la explotación del trabajador.

Pero fue Locke precisamente quien rescató el valor del trabajo, que se tomaba como un quehacer indigno en todas las sociedades aristocráticas (bélicas) y teocráticas (místicas). Es el trabajo el que en el origen da lugar al derecho de propiedad. Pero esta razón de ser del derecho de propiedad no implica, como se ha pretendido, una limitación de la misma en la sociedad civil. Por el contrario, Locke declara que la creación de la moneda permite la adquisición de la propiedad por el intercambio. Lo que sí es destacable son los límites que establece Locke a los derechos de la conquista, reconociendo aun los derechos de propiedad del conquistado.

Al mismo tiempo, puede percibirse claramente en el pensamiento de Locke su preocupación por que el derecho de propiedad no se constituya en una forma de expropiar sus beneficios a la sociedad en su conjunto. Y por ello manifiesta que en el origen cada cual no se apropie más que de aquella parte que puede trabajar con provecho. Es por esta misma razón que pretende evitar la acumulación de bienes que puedan desaparecer sin beneficio para nadie. Tal es el caso cuando dice: "...aquel que haya recogido un *bushels* de manzanas tiene para sí la propiedad de ellas: ellas eran sus bienes tan pronto las recogió. Él solamente tenía que observar el usarlas antes de que se descompusieran, de otra manera habría tomado más que su parte y habría robado a los demás". En estas observaciones se percibía la preocupación de Locke por la circunstancia de que el derecho de propiedad estuviera, como diríamos en nuestro tiempo, limitado por la eficiencia productiva. El mecanismo para lograrlo, que sería descubierto más tarde por Adam Smith, fue la competencia.

Locke fue igualmente un pacifista en una época en que la guerra era y continuó siendo el objetivo de los Estados. Había nacido en 1632, en plena época de las guerras religiosas, durante la Guerra de los Treinta Años, que terminó finalmente en 1648 con la firma de la paz de Westfalia. Así, primeramente había promovido la tolerancia religiosa en su famosa *Carta sobre la tolerancia*. Es en ésta donde señala la necesaria separación entre el gobierno de la sociedad civil (Commonwealth)y la Iglesia definiendo los campos de acción de una y de otra. En síntesis, podría decirse que Locke pretendió establecer los principios de la convivencia en la sociedad, fundada en los derechos individuales y la limitación del poder político.

Al analizar el pensamiento de Carlos Luis de Secondat, barón de la Brede y Montesquieu, no voy a intentar adentrarme en todas sus profundidades. Ni siquiera podría decir que lo que sigue es un análisis de la obra cumbre del autor de *Cartas persas* y *El espíritu de las leyes*, sino que tan sólo pretendo considerar algunos aspectos de esta obra que ha llegado hasta nosotros como el paradigma de la estructura republicana de la división de los poderes. Más allá de las críticas que se le pueden haber hecho a Montesquieu por su interpretación equivocada de Locke y de la Constitución inglesa, creo que en el pensamiento del francés, no obstante sus aciertos, existen contradicciones que en mucho hemos visto contribuir a destruir la misma razón de ser del sistema propuesto.

A diferencia de Locke, que propone un sistema político válido para el logro del objetivo social, que es la protección de los intereses individuales –el Commonwealth es el instrumento que garantiza esos derechos–, en la posición de Montesquieu se percibe un cambio sustancial del Commonwealth al Estado. Mientras en Locke la monarquía y la república no son más que manifestaciones del Commonwealth, Montesquieu comienza por analizar las características individuales que permiten la supervivencia del Estado, ya sea monárquico, republicano o despótico.

Al distinguir entre gobiernos monárquicos, republicanos o despóticos, Montesquieu señala que los principios que rigen a cada uno de ellos, como elementos de sustentación, son el honor, la virtud y el miedo. Voy a hacer en este caso abstracción del primero y del último de estos sistemas, para referirme a la república. Montesquieu comienza el capítulo V del Libro Tercero, "De los principios de los tres gobiernos": "Pero la virtud política es la abnegación, el desinterés, lo más difícil que haya... Se puede definir esta virtud diciendo que es el amor a la patria y a las leyes. Este amor, prefiriendo siempre el bien público al bien propio, engendra todas las virtudes particulares que consisten en aquellas preferencias".

Al definir de esta manera la virtud, Montesquieu pone claramente de manifiesto lo que más tarde habrían de desarrollar Rousseau y Hegel en cuanto a la relación entre el Estado y el individuo. Tal vez subconscientemente Montesquieu concibe la democracia como un ejército donde el hecho de los mandatos se diluye y permean hasta los soldados, implicando de esta manera que existe un bien común claramente definido *a priori*. La virtud es la preferencia de ese bien común sobre el bien particular y la corrupción es la inversa. Aunque en otras partes de su obra Montesquieu aprecia las virtudes del comercio, en esta que se refiere a la corrupción de la democracia pone de manifiesto su origen aristocrático militar y dice: "Los políticos griegos que vivieron en gobiernos populares no reconocieron otra fuerza que pudiera sostenerlo sino la de la virtud. Los de hoy no nos hablan más que de manufacturas, de comercio, de negocios, de riquezas y aun de lujo".

Esta confusión continúa cuando, en el capítulo III del Libro Quinto, Montesquieu dice: "El amor de una república en una democracia es el amor a la democracia, el amor a la democracia es el amor a la igualdad. Amar la democracia es también amar la frugalidad. Teniendo todos el mismo bienestar y las mismas ventajas, deben gozar todos los mismos placeres y abrigar las mismas esperanzas; lo que no se puede conseguir si la frugalidad no es general".

Ya vemos aquí los gérmenes de la confusión entre democracia y socialismo y nuevamente aparece la visión bélica del Estado, cuando seguidamente dice: "En una democracia el amor a la igualdad limita la ambición al solo deseo de prestar a la patria más y mayores servicios que los demás ciudadanos. Al nacer ya se contrae con la patria una deuda inmensa que nunca se acaba de pagar". Es aquí donde reside el principio más claro de que no es el Estado para el ciudadano, sino éste para aquél y, una vez establecido éste como fundamento de la ética, ¿qué sentido tiene la distribución de los poderes, que tiene como objetivo la libertad y no la igualdad? A esta idea se refiere Montesquieu en el Libro Undécimo, en el que nuevamente comienza por confundir los principios de la libertad para convertirlos en una ética del deber ser y señala: "En un Estado, es decir en una sociedad que tiene leyes, la libertad no puede consistir en otra cosa que en poder hacer lo que se debe querer y en no ser obligado a hacer lo que no debe quererse".

Pero he aquí que, si la virtud es el sustento de la sociedad, la ley huelga, pues ésta no haría sino definir lo que cada uno de modo propio sabe que tiene que hacer. De alguna manera, en el capítulo IV de esa parte Montesquieu percibe por primera vez el problema y se acerca a la razón de ser de la distribución del poder. "La libertad política se encuentra en los gobiernos moderados. Pero en los Estados moderados tampoco la encontramos siempre, sería indispensable que no se abusara del poder y nos ha enseñado una experiencia eterna que todo hombre investido de autoridad abusa de ella. No hay poder que no incite al abuso de ella. ¡No hay poder que no incite al abuso, a la extralimitación! ¡Quién lo diría!, ni la virtud puede ser ilimitada". Es de aquí que colige la necesidad de la limitación del poder, pero nuevamente incurre en el pecado anterior, cuando dice: "Aunque todos los Estados tienen un mismo objeto, que es conservarse, cada uno tiene en particular su objetivo propio". Independientemente de esta última observación, es obvio que Montesquieu cree en un Estado que es una entelequia, o sea que tiene un fin en sí y para sí mismo. La felicidad de los ciudadanos es un objetivo ajeno, ya que éstos tienen el deber de la virtud para la conservación del Estado.

No es de extrañar tal conclusión, puesto que, a diferencia de Locke, que ve en la propiedad privada la razón de ser de la justicia, en Montesquieu encontramos que ésta, en la república, reside en la ley que determina la igualdad en la repartición de la propiedad. Así, en el capítulo IV del Libro Quinto antes citado, Montesquieu empieza diciendo: "El amor a la igualdad y a la frugalidad lo excitan y lo extreman la igualdad misma y la propia sobriedad, cuando se vive en una sociedad en que las leyes han establecido la una y la otra". Y en el capítulo VI de dicho libro dice: "En una perfecta democracia no es suficiente que las tierras se dividan en porciones iguales, es preciso además que esas porciones sean pequeñas como entre los romanos". Esta preocupación por la igualdad la expresa también respecto del comercio, y quién, si no el Estado, puede tener el poder para decidir que las riquezas privadas no crezcan por encima de la media. Entonces tenemos que hay una diferencia fundamental en los objetivos del poder en las concepciones de Locke y la tradición inglesa y la que se deriva del pensamiento de Montesquieu. Es esta diferencia la que determina que surja esa pretendida distinción entre la libertad política y la económica. En esta comparación puede percibirse claramente por qué la tradición anglosajona concibió la libertad del hombre como una sola, en tanto que los seguidores de Montesquieu pretenden la dicotomía entre la libertad política y la económica.

En el fondo, esa diferencia resulta de una distinta ética, a partir de cada una de las cuales se definen los distintos papeles del Estado, o sea la relación entre los intereses particulares y los generales. La virtud, definida a lo Montesquieu como la preferencia de los intereses generales por sobre los particulares, de hecho hace superflua la estructura de distribución del poder político, que describe en el Libro XI, donde analiza la Constitución inglesa. Si el hombre tiene tal virtud, prácticamente el gobierno sería inútil y, si la tienen los gobernantes, entonces lo inútil es la división de los poderes.

En este capítulo VI del Libro XI, Montesquieu define la libertad política de la siguiente manera: "Es la tranquilidad del espíritu que tiene cada uno en su seguridad". Pero ¿qué seguridad puede tener el ciudadano que sabe que el gobierno posee el poder, a través de la ley, de distribuir su propiedad para cumplir con el propósito de frugalidad? Y esta misma inseguridad sobre la propiedad surge de las propias palabras de Montesquieu cuando dice: "No hay libertad si el poder de juzgar no está bien deslindado del poder ejecutivo y del poder legislativo. Si no está separado del poder legislativo, se podría disponer arbitrariamente de la libertad y la vida de los ciudadanos; como que el juez sería legislador". Puede notarse que la pérdida de la propiedad no está incluida entre los peligros que entraña la posible arbitrariedad de la acumulación del poder.

La Constitución argentina de 1853 indudablemente estaba fundada en la concepción anglosajona y así fue explicitada por Alberdi en las *Bases* y en el sistema económico y rentístico. El proceso posterior de interpretación desvirtuó paulatinamente este proyecto que, manteniendo la teoría de la distribución de los poderes, derivó hacia la concepción de democracia igualitaria percibida ya por el propio Montesquieu. Esta es la cuestión de fondo que una vez más se puso de manifiesto en el intento de modificación de la Constitución propuesta por el radicalismo. Ésta no haría sino convalidar en la letra la violación que se ha producido en los hechos en los últimos cuarenta años.

VI. EL LIBERALISMO EN LA HISTORIA

1. Liberalismo y Nación

La Revolución Francesa tuvo una gran influencia en la decisión del país de separarse políticamente de España. La Ilustración había concebido así la posibilidad de construir un país independiente en lo que hasta 1816 constituía los remanentes del Virreinato del Río de la Plata. Tal proceso fue más difícil de lo que pudo concebirse en un principio. La destrucción del poder español en el Virreinato del Río de la Plata dejó vigente las contradicciones profundas que subyacen larvadas en los regímenes absolutos. La Revolución se hizo bajo la égida de Buenos Aires como vértice de la influencia de la mal denominada Gran Revolución.

La ruptura política con España significó desde el primer momento la modificación del régimen interno y así la república apareció como alternativa a la posibilidad de una monarquía criolla. Decidida la constitución de la república, la naturaleza absoluta de tal proyecto trajo como resultado la evidente disputa entre el centralismo y los localismos. De más está decir que la libertad de comercio que sustituyó al sistema monopólico de los tiempos coloniales beneficiaba directamente a la provincia de Buenos Aires. Este beneficio, empero, sería más indirecto y menos perceptible en las economías provinciales, muchas de ellas verdaderas economías de subsistencia. No podría ser de menor envergadura la decisión de la provincia de Buenos Aires de declarar la libertad religiosa en 1825. Como bien lo señala Alberdi, en el resto de las provincias seguía imperando el régimen autoritario en materia religiosa, prescripto por las Leyes de Indias. Estas contradicciones dieron pábulo a una supuesta natural divergencia entre la provincia de Buenos Aires y el resto de las provincias, proveniente fundamentalmente de la nación librecambista y del consiguiente problema de la disponibilidad de las rentas de aduana. Fue Rivadavia, empero, quien pretendió la nacionalización de dichas rentas, pero es indudable que el simplismo del primer presidente, en cuanto a las posibilidades de un centralismo porteño en remedo del despotismo ilustrado de la Revolución Francesa, chocaba con la idiosincrasia localista y caudillista de las provincias.

Ese caudillismo estaba también latente en la propia provincia de Buenos Aires y fue representado por Juan Manuel de Rosas, quien aglutinó en su favor los remanentes de los principios coloniales que, como bien señala Alberdi, estaban en los corazones. Fue así como el supuesto federalismo fue el reconocimiento del esquema feudal que caracterizaba las Leyes de Indias. El país se integró, o más bien se desintegró, en la forma de una especie de confederación que respondía en lo exterior a Rosas, en tanto que las catorce aduanas daban la tónica de la verdadera balcanización del otrora Virreinato del Río de la Plata. Estaban perdidos ya el Alto Perú, el Paraguay y el Uruguay, en gran medida como consecuencia de la arbitraria política porteña, y en el Sur los indios dominaban hasta el río Salado. El grito de "Religión o muerte" caracterizaba el retroceso al que había sido sometida la embrionaria Nación en manos de los caudillos y que vivía bajo el eslogan de "Mueran los salvajes unitarios".

2. La Constitución

Era indudable que ni el unitarismo ni el rosismo habían dado respuesta adecuada para la constitución de una República. Así, la caída de Rosas encuentra a la Argentina dividida, despoblada, pobre e ignorante. Éste es el panorama en 1853, cuando Urquiza, derrotado Rosas en Caseros, pretende incorporar desde Paraná la Constitución que, como he señalado en anteriores oportunidades, se adelantó a la Europa continental en casi cien años.

La posibilidad de organizar la unión nacional tuvo que pasar por el período comvulso de 1853 a 1862, cuando, aprobadas las enmiendas a la Constitución de 1860, se instala en Buenos Aires el primer presidente de la República Federal, el general Bartolomé Mitre. Tal proceso no hubiera sido posible sin la colaboración del general Justo José de Urquiza, ganado a la causa liberal por el pensamiento alberdiano, y de la figura ciclópea de Domingo Faustino Sarmiento.

El comienzo de la república fue la lucha por la civilización que entronizaba el pensamiento liberal recogido por la Constitución de 1853. Es en ese contexto que puede analizarse la decisión de Mitre respecto de la entrada de la Argentina en la denominada Guerra de la Triple Alianza. Fue el presidente Mitre quien percibió que la guerra contra el Paraguay representaba la lucha ideológica interna, es decir, la necesidad de lograr en los hechos políticos la república descrita en los dichos de la Constitución nacional. Era indudable que el Paraguay en aquel momento representaba el mayor desafío caudillesco que enfrentaba la naciente república.

Fue el propio Alberdi quien dijo en las *Bases* que, de las constituciones de América del Sur, la paraguaya era la peor: "La Constitución oriental es la que más se aproxima al sistema conveniente y la del Paraguay la que más dista". He aquí la verdadera amenaza a la integridad de la Nación, pues en el Paraguay Solano López representaba la fuerza opresora que había caracterizado al gobierno de Rosas.

Pero el sentimiento que había sostenido a Rosas persistía en las provincias, como lo muestra el hecho de que el propio ejército de Urquiza se resistió a luchar contra los paraguayos. El aprendizaje de Urquiza no había penetrado en su provincia y existió la grave amenaza de que el Litoral, probablemente junto con Santa Fe, se desmembrase y pasara a formar parte del Paraguay.

La Guerra de la Triple Alianza planteó, a mi juicio, desde el punto de vista argentino, lo que hoy denominaríamos el problema ideológico más profundo que amenazó a la constitución de la unión nacional. Un Paraguay triunfante era garantía del desmembramiento argentino y el retorno a las Leyes de Indias, que habían cedido a la caída del Restaurador de las Leyes. Por más que pudieran verse intereses contrapuestos con el imperio, éste nunca representó una verdadera amenaza a la integridad nacional proveniente del seno mismo de la sociedad. Tampoco lo era la Banda Oriental, cuya Constitución, tal como reconoce el propio Alberdi, era la más conveniente y por tanto la más parecida a la argentina de 1853.

La prueba de lo dicho es que a partir de esa guerra, que marcó el hito histórico de la unión nacional bajo la égida republicana, la Argentina se adelantó al Brasil y al final del siglo el PBI argentino era superior al de toda América del Sur unida. Por su parte, el Uruguay jamás constituyó, desde ese momento, una amenaza al curso del progreso liberal que había construido a la Nación.

El desafío paraguayo retornó y el nacionalismo trajo de vuelta los principios que regían al Paraguay y que pretendían ser rectores de un proceso de desarrollo independiente. La visión de Paraguay como una potencia industrial bajo la conminación de la dictadura de Solano López no resiste el más somero análisis. En ese sentido, voy a recordar las palabras de Jorge Thompson en su libro *La guerra del Paraguay*, citadas por el doctor Luis García Martínez en su brillante exposición en la Academia de Economía, "La raíz de la brecha Norte Sur": "La mayoría del pueblo era tal vez la más feliz del mundo. Apenas tenía que trabajar para ganar su vida. Cada familia tenía su casa o choza en terreno propio. Plantaban en pocos días el tabaco, maíz y mandioca necesarios para su propio consumo, y aun esto mismo no exigía cuidado hasta la época de la cosecha. Todas las chozas tenían su naranjal, cuya fruta forma un artículo importante de consumo en el Paraguay, y también algunas vacas, lo que evitaba en gran parte la necesidad de trabajar". Es difícil concebir que una sociedad cuyo valor por antonomasia de la felicidad era el no trabajar, podía constituir el paradigma de un desarrollo independiente.

3. Las ideas retornan

Si alguna duda cabe de la superioridad del camino argentino, es que no sólo el Paraguay, sino ningún otro país de América Latina, lograron el supuesto desarrollo independiente mientras se regían por las Leyes de Indias, una vez liberados políticamente de España. Lamentablemente, el pensamiento de Solano López retornó a la Argentina en la década del 30, al influjo de las ideas imperantes en Europa, que culminaron en el holocausto de la Segunda Guerra Mundial.

Si cincuenta años había tomado el liberalismo para construir la Nación poblada y enriquecida, convirtiéndola en tierra de promisión, sólo cuarenta años le han bastado al nacionalismo fascista para signar la declinación del país en el concierto mundial, empobrecer a su población, amenazar su integridad y, en fin, convertirla en tierra de frustración. Es indudable, pues, que el liberalismo no sólo construyó la Nación permitiendo la unión nacional, sino que hizo argentinos a los argentinos.

4. El liberalismo

Es muy común creer que el sistema capitalista–liberal es un proyecto mecanicista de generación de riquezas y totalmente ajeno a los conceptos éticos de la sociedad y particularmente de la moral individual. Nada más nocivo que ese criterio para justificar o pretender justificar las virtudes del socialismo como aquel sistema en que reina la generosidad frente al materialismo del egoísmo individual reinante en el capitalismo. Ahora bien, voy a intentar explicar algunos aspectos que considero fundamentales en lo que respecta a esta supuesta dicotomía ética que descalifica al liberalismo, no obstante sus beneficios indudables.

A mi juicio, la irrupción de la razón como un factor preponderante en el comportamiento humano fue un paso decisivo en el mejoramiento de la sociedad. Fueron los griegos, o más bien los atenienses, los primeros en apelar a la razón para explicar los fenómenos de la naturaleza. Más tarde, la escolástica significó un nuevo intento de darle cabida a la razón en el mundo, como un complemento de la fe. Y Hegel se refirió a Descartes, que escribió su *Discurso del método* en pleno Renacimiento, como a la persona que había parado al hombre sobre su cabeza.

Podría decir, en una definición un tanto *sui generis*, que los anglosajones usaron la razón para aprehender la naturaleza del hombre y no para suprimirla. De esa manera, habrían de superarse en una síntesis magnífica, que a mi juicio explica la evolución de la sociedad presente, tres vertientes supuestamente antagónicas e irreconciliables: la fe (sentimiento religioso), la sensibilidad (romanticismo) y la razón (racionalismo). Lamentablemente, la historia europea, que para bien o para mal nosotros confundimos con la historia de la humanidad, parece definirse como el antagonismo permanente de la visión de la Santa Alianza frente al liberalismo racionalista. La verdad es que la historia de nuestro tiempo surge como la superación de tales supuestos antagonismos en su síntesis magnífica, que es el hombre de razón y sentimiento. Los aportes fundamentales, pues, del liberalismo al devenir histórico, fueron los que se desviaron de esa síntesis que armonizó las posibilidades reales de la ética.

El primer paso en ese camino fue el reconocimiento de la falibilidad humana, tanto en el conocimiento como en las posibilidades de su conducta. Así el empirismo, como método de conocimiento, tiene la virtud de su modestia frente a la pretensión omnisciente de la metafísica de las causas últimas y del *Discurso del método*. Esa falibilidad estaba reconocida igualmente en el Evangelio, ya que el justo peca siete veces por día. Fue Locke quien en la *Carta sobre la tolerancia*, estableció los fundamentos de la libertad de conciencia y así separó el poder político del quehacer religioso.

Esto no significa que la religión sea un problema individual, sino que las religiones pueden actuar sobre los individuos sólo a través de la convicción y no de la imposición.

Igualmente, Locke reconoce como ético el derecho del individuo a la búsqueda de su propia felicidad, y es en la prosecución de este objetivo sujeto a reglas generales de conducta que encuentra la armonía entre los intereses particulares y los intereses generales. Falibilidad del hombre (error y concupiscencia) son asimismo los presupuestos en que se sustenta la necesidad de limitar el poder político a través de la distribución del poder. Sólo en ese marco la propiedad privada cumple un papel político preponderante y es, asimismo, la misma razón de ser de la justicia.

5. Capitalismo

Es, pues, la armonía posible entre el interés particular y el general que surge precisamente de la limitación del conocimiento humano, lo que da lugar a la libertad condicional que, en el orden económico, fue calificada por Marx como sistema capitalista. Llamó Marx capitalismo al primer sistema que en la historia de la humanidad había producido la acumulación de capital, que fue la condición ineludible para que la economía dejara de ser un juego de suma cero en el cual todo lo que alguien ganara proviniera de alguien que lo perdía. Por supuesto que no podemos usar los parámetros de hoy para juzgar el nivel de vida de la denominada Revolución Industrial. Pero si alguna duda cabe respecto de que fue a partir de la libertad que mejoró la condición del hombre en la Tierra, bástenos recordar que fue sólo desde hace algunos años que comenzó a crecer la población del mundo.

No existe una dicotomía entre el liberalismo económico y el liberalismo político. Es a partir de la concepción ética de la libertad del hombre para buscar su propia felicidad y la armonía resultante de los intereses particulares con el interés general, que surge la concepción política que da lugar al progreso económico, que no es más que su consecuencia. No existirían derechos individuales si previamente no reconociéramos la validez del interés particular como un concepto ético *a priori*.

Es indudable que son esos intereses particulares los verdaderos motores del accionar del hombre, por más que en muchos casos, como bien destaca el propio Adam Smith, el hombre desconozca cuáles son sus verdaderos intereses. El desconocer tales intereses particulares como consustanciales a la naturaleza del hombre es el soporte ético del poder absoluto que se autojustifica en que él y sólo él representa el interés general. Es ésta la dicotomía hegeliana que dividió a la sociedad en dos clases de hombres: la burocracia representativa de la eticidad y el resto de los ciudadanos como el mundo de la concupiscencia (interés particular). Esa dicotomía olvida que el poder absoluto se expresa finalmente en un hombre en el cual convive igualmente su naturaleza falible. Ésa es la verdadera alternativa ética de los proyectos socialistas que pretenden el conocimiento *a priori* del bien común por el poder político, de donde surgen la ética de la opresión del Estado sobre el individuo y la pérdida de la libertad.

VII. LA REVOLUCIÓN FRANCESA DESDE EL AÑO 2000

El 14 de julio de 1789 es una fecha crucial en la historia de la humanidad. A más de doscientos años de ese día es difícil agregar algo que ya no se haya escrito al respecto; sin embargo vamos a hacer la prueba. Viajando desde Los Ángeles a San Francisco se me ocurrió una nueva respuesta o quizás una nueva pregunta. Ante lo inhóspito del paraje y su belleza, era inevitable pensar que la creatividad del hombre había hecho posible que yo estuviera allí. Una carretera serpenteaba por la montaña al filo de los acantilados. ¿Qué era lo grandioso? ¿La belleza del paisaje o la posibilidad de verlo? ¿La naturaleza en su esplendor o la llegada del hombre a través de su propia creación? Así como Einstein descubrió la relatividad del tiempo ante la limitación de la velocidad dándole al movimiento una dimensión humana, así vi que la belleza no tiene más de humano que el observador. Y lo más humano del observador no es su esencia natural, sino la capacidad de trascenderla por el conocimiento y el esfuerzo. Así regresaron a mí las palabras de Locke y me pregunté entonces, frente a esta realidad, qué aportó la Revolución Francesa. Ésta es la pregunta relevante que, a más de doscientos años de la denominada Gran Revolución, está pendiente de respuesta.

1. Evolución y presente

En un trabajo de esta naturaleza es imposible descartar todo juicio de valor y por ello la forma de acercarse a la objetividad no es otra que hacer explícitos los juicios implícitos. En tal sentido, para evaluar la Revolución Francesa es imprescindible comenzar por evaluar el presente y concretamente responder si el mundo en que vivimos es mejor o peor que el que vio finalizar el siglo XVIII. Desde mi punto de vista, no cabe dudar: es decididamente mejor. En este sentido, vale recordar la contribución de Karl Popper en *"The history of our time: an optimist view"*: "A pesar de nuestros grandes y serios problemas y a pesar de que la nuestra no es seguramente la mejor sociedad posible. Yo digo que nuestro mundo libre es por mucho la mejor sociedad que ha existido a través del curso de la historia de la humanidad".[1]

Otro aspecto que es necesario dilucidar es si el bienestar material de una sociedad en su conjunto es una meta valiosa o, por el contrario, si ésta conlleva inexorablemente la disolución de las costumbres y la decadencia moral. Si éste fuera el caso, toda teoría del mejoramiento social sería contraria a la moral y nos ubicaría ante un dilema de hierro. Aceptar esta dicotomía implica volver a la concepción medieval, en que la vida es sólo un tránsito a la eternidad y los objetivos de una y otra se contraponen. Tal no es mi posición. Por las mismas razones expuestas anteriormente, pienso que el logro de un mayor bienestar para la sociedad no significa un retroceso moral. *La moral está regida por la posibilidad*. En otras palabras: la no comisión de los pecados por falta de oportunidad no refleja una moral superior, sino la indefensión del individuo frente al medio.

En mi concepto, la libertad es un bien preciado, cualquiera sea el uso que de ella se haga en el orden individual. Asimismo, creo que de sus resultados deriva una estructura moral superior que refleja incuestionablemente la realidad de lo posible. En otros términos, la posibilidad real, en lugar de la hipocresía de una ética que en rigor no

1   Véase Popper, Karl. *Conjectures and refutations*. London, Routledge & Kegan Paul, 1972.

es más que la encubierta imposibilidad fáctica de acción.

En los últimos años, el denominado mundo occidental ha experimentado una favorable evolución que ha permitido al hombre común alcanzar un nivel de vida impensable para los poderosos de 1789. Si bien el mal no ha desaparecido de la Tierra, creo que tampoco se ha incrementado con las mayores libertades, ni la moral –tal como sostenía Bertrand Russell– ha seguido un paso diferente del de nuestros conocimientos científicos. Volviendo entonces al punto de partida, el interrogante es si la Revolución Francesa contribuyó en algo al mundo que vivimos hoy en Occidente.

2. El concepto de revolución y su significado ético

Para contestar la pregunta anterior, es imprescindible primeramente definir la función de las revoluciones en el avance social y su costo. ¿Es ético aceptar los actos más atroces en una revolución, en pos de alcanzar un estadio superior que no sería posible sin tales procedimientos? Si la respuesta es afirmativa, la pregunta relevante que sigue es si logró o no el resultado perseguido. Aún más, se puede preguntar: ¿es acaso que todo cambio social debe atravesar irremisiblemente por un período tormentoso en el cual se pierde toda noción de límite? Y luego, si una vez concluido el desenfreno, por sí solo su resultado produce un mayor bienestar que el preexistente. En este mismo sentido, es necesario discernir si las ideas que originan una revolución son las que provocan apodícticamente el período tumultuoso o si, por el contrario, éste representa sólo un proceso fáctico que culmina cuando aquellas ideas se imponen en la práctica. Admitir que la revolución *per se* es un expediente necesario para el cambio social implica sujetar a la sociedad a una permanente amenaza que destruye la creatividad y el esfuerzo en el trabajo. Por ello, me parece que cada revolución tendría que ser analizada en función de la dinámica de sus acciones y de los beneficios de sus resultados. En otras palabras, la pregunta que nos hemos venido haciendo respecto de la Revolución Francesa podría reformularse de la siguiente manera: ¿fueron la tragedia de los actos del terror y la guillotina los instrumentos necesarios para lograr los beneficios sociales que se esperaban de la libertad, la igualdad y la fraternidad? Y segundo: ¿se lograron estos beneficios?

3. El Iluminismo y la naturaleza de la Revolución

El más somero análisis histórico revela que entre los siglos XVII y XVIII se había dado una verdadera revolución del pensamiento. Los nombres de ese amanecer se agolpan en mi mente: Francis Bacon, Descartes, Galileo Galilei, Isaac Newton, John Locke, David Hume, Adam Smith, Voltaire, Montesquieu, Rousseau, Turgot, Kant, Hegel, Leibniz. Esta lista es por supuesto incompleta y se encuentran en ella confundidas la filosofía, la política, la economía y la ciencia. Esta confusión no me preocupa, pues aquéllos son sólo estamentos del fenómeno humano que, desarrollado en la mente y más tarde condicionado por la acción de los hombres, ha transformado la vida sobre el planeta en los últimos doscientos años. Más aún, que seguirá alterando la vida de nuestros herederos.

Existe sin embargo otra ambigüedad en esa enumeración de pensadores y es la que omite las direcciones que cada uno habría de imponer al futuro de la humanidad. Esa confusión en el Iluminismo es la misma que ha permitido ignorar diferencias semejantes, dentro del pensamiento griego, entre los filósofos de Mileto y Sócrates, por una parte, y los seguidores de Platón y Aristóteles, por la otra.

Es indudable la influencia de la Ilustración en la Revolución Francesa, pero lo importante es definir cuál es el rumbo que aquélla le imprimió. Mi propósito es entonces determinar la deuda del mundo moderno para con el asalto a la Bastilla, la guillotina, el terror y la Marsellesa.

Hasta aquí, el planteo se diría poco novedoso, ya que mi deuda con Hayek y Popper es inmensa. Es mi intención un análisis que, respondiendo a aquella cuestión, contribuya al estudio contemporáneo del fenómeno "revolución", aporte que creo puede ser de interés en la consideración de los últimos acontecimientos socio–políticos de Rusia y China.

4. La Revolución Francesa: su desarrollo

Aceptando, pues, el anterior esquema analítico, se puede pasar a los hechos de la Revolución Francesa. El 14 de julio de 1789 fue atacada la fortaleza de la Bastilla. Más allá de su importancia en sí, este hecho fue el símbolo de que la estructura del poder real había sido rota. Luego se daría un proceso por el cual el sistema monárquico y aristocrático de los Borbones fue reemplazado en Francia por otro supuestamente distinto.

Cuando el 5 de octubre de ese mismo año el pueblo entraba en los aposentos de la reina en las Tullerías, la suerte ya estaba echada. La cabeza de Luis XVI había de ser el pago por el cambio de la monarquía en república. Tal como había de exponer Robespierre, la cabeza de Luis XVI o el ciudadano Luis Capeto simbolizarían que el oprimido Tercer Estado había pasado de la nada al todo. El pueblo no necesitaba del monarca para existir, tal como años más tarde Karl Marx respondería a Hegel. En su *Filosofía del derecho*, el filósofo de Stuttgart había aceptado la voluntad general de Rousseau como el epíteto de la soberanía, y ésta volvía a las sienes del rey.[2]

Girondinos y jacobinos disputaban el poder de la Convención que originalmente había previsto como solución una monarquía constitu-

2   Hegel, G. F. *Filosofía del derecho*. México. 1975.

cional. Era indudable que a través de los más variados personajes, la Convención reflejaba los resentimientos y las ambiciones que Rousseau había desatado en su *Discurso sobre el origen de la desigualdad entre los hombres* y que luego había tratado de organizar a través de los principios de su *Contrato social*.[3]

Las ideas de Rousseau no podían sino traer más confusión a la Convención, que sentía representar al pueblo aunque aquél había hecho explícita la imposibilidad de tal representación. Al mismo tiempo, se sentía soberana y, como tal, cada vez encontraba menos cabida para un soberano que, lejos de ser elegido por el pueblo, había sido impuesto precisamente por el sistema que se pretendía sustituir.

En esta disyuntiva filosófico–política se movían los hombres que representaban, quizá por los caprichos del destino, sistemas antagónicos. Y el destino así quiso que en Luis XVI se encontraran calidades humanas desconocidas por la mayor parte de sus antecesores. El rey hombre quería el bienestar de su pueblo, en tanto que la Convención veía en la monarquía, cada vez más, las causas de todos los males. La corona del rey *sólo podía rodar juntamente con la cabeza del hombre que la sustentaba*. Y tal fue la sentencia dictada por la Convención. En su seno, se dieron entonces las acciones más viles de quienes esperaban hacer la moral del pueblo y el bienestar de la sociedad. Felipe de Orléans, primo del rey, votaba por el regicidio, esperando con este acto de lesa humanidad, como señala Alfonso de Lamartine en su inolvidable *Historia de los girondinos*[4], salvar su propia vida. El republicano príncipe no logró su propósito y perdió su cabeza ante la guillotina poco tiempo después de que la monarquía desapareció de las Tullerías por primera vez.

Por otra parte, el hombre posiblemente más brillante de la Revolución, líder de los girondinos, igualmente violentó sus principios para salvar la Gironda y con ella su propia vida. Fue Vergniaud quien con mayor claridad y valentía había denunciado los crímenes de la Revolución, mas su voto por la muerte determinó la caída definitiva de la monarquía en la cabeza del rey. Los girondinos que se oponían

3   En *The Essential Rousseau*. New York, New American Library, 1974.
4   Lamartine, Alfonso de. *Historia de los girondinos*. Buenos Aires, 1945.

a la muerte votaron por ella a instancias de su jefe y la muerte fue el destino del partido y el triunfo de los jacobinos bajo la égida del incorruptible que representaba un nuevo fanatismo que, como dijo Adam Smith, era la mayor de las corrupciones, pues era la corrupción del alma: Maximiliano Robespierre. Trescientos ochenta y siete votaron por la muerte y trescientos treinta y cuatro por el destierro o la prisión. Por cincuenta y tres votos, la corona cae juntamente con la cabeza del ciudadano Luis Capeto. Tal como observa Lamartine, la muerte, deseo de los jacobinos, fue el acto de los girondinos".

Finalmente, el 9 Termidor cobraba la cabeza del líder jacobino y con él terminaba el terror. La guillotina había igualado la legitimidad y el crimen. A través de ese período, como señala Edmund Burke, "siguiendo aquellas luces falsas, Francia adquirió calamidades patentes a un precio más alto que el pagado por ninguna otra nación por bendiciones inequívocas. ¡Francia compró con el crimen la pobreza! No sacrificó su virtud a su interés, sino que abandonó su interés para poder prostituir su virtud".[5]

Esa ilustrada descripción del proyecto revolucionario francés trae a la memoria, en el mejor estilo denominado por George Orwell el "nuevo lenguaje" (*new speak*), el eslogan de la Revolución: "Libertad, igualdad y fraternidad". Un magnífico eslogan convertido en sus opuestos: el despotismo, el terror y el odio fueron los elementos para lograr, en los términos de Burke, que Francia abandonara su interés para prostituir su virtud.

Las palabras de Madame Roland camino del patíbulo, "Libertad, cuántos crímenes se cometen en tu nombre", son la expresión más real del distorsionado rumbo de la Gran Revolución. Aquella mujer que leía a Locke y era el alma de los girondinos, llevaba a Rousseau en su corazón y con él un apasionado resentimiento hacia la nobleza. Cerca de la muerte, cuando después de haber salvado la vida de Robespierre no pudo pedirle el perdón, finalmente vio la luz que se había extraviado en las tinieblas revolucionarias.

5   Burke, Edmond. *Reflexiones sobre la Revolución Francesa y otros Escritos*. Buenos Aires, 1980.

5. GENERALES Y MARISCALES

La República en armas, frente a la amenaza de las coronas europeas, bajo la dirección de Carlos Francisco Dumouriez, pronto se convirtió en la amenaza imperial de Bonaparte. Dumouriez era francés y como tal pretendió estar del lado del cambiante poder de la Convención. Llegado de América, igualmente La Fayette pretendió un equilibrio entre la Corona y la República, equilibrio ya condenado al fracaso. Era evidente que este aristócrata desconocía la naturaleza de la revolución americana, en la que la república era el origen del poder como respuesta al sistema federal.

Años después, en su obra magna, *Historia de los girondinos*, Alfonso de Lamartine definió esta actitud como carencia de inteligencia. Error permanente del Iluminismo es creer que la inteligencia es el camino de la verdad. La inteligencia no se hizo esperar: Rivoli y Arcola abrieron el camino al consulado y el 18 Brumario la Revolución, sin saberlo, daba el primer paso hacía el imperio. Habiendo hecho saltar los parámetros de los privilegios la Revolución permitió competir sin sujeción a reglas por las mismas posiciones en que se asentaba la nobleza en la Corona de los Borbones. Napoleón aprovechó el intersticio que abrió la lucha por la igualdad para obtener su propia desigualdad. Una nueva aristocracia se instalaba en las Tullerías, sustentada por la victoria de las armas y la respuesta de las masas.

Napoleón comenzaba así lo que más tarde se conocería como el cesarismo y que sin duda constituyó los prolegómenos del fascismo que asoló a Europa en el siglo XX. La dictadura jacobina se había generado en la confusión del pensamiento de Rousseau. *El Discurso sobre el origen de la desigualdad entre los hombres* y el *Contrato social* habían logrado esa simbiosis letal de romanticismo y racionalismo que plagaría la historia de Francia y se extendería por toda Europa continental, atravesando los Urales de la mano de Hegel y Marx. En el primero de estos ensayos, Rousseau había pontificado: "El primer hombre que habiendo cercado un pedazo de tierra y se le metió en la cabeza decir esto es mío y encontró gente suficientemente simple como para creerle, fue el verdadero fundador de la sociedad civil. La sociedad humana se habría librado de crímenes interminables, guerras, asesinatos y horrores si alguien hubiera arrancado las estacas o llenado los agujeros y hubiera gritado a sus compañeros: 'No escuchen a este impostor. Ustedes están perdidos si se olvidan de que los frutos de la tierra pertenecen a todo el mundo y la tierra a nadie'".

A ese proyecto se dedicó el jacobinismo. Ante el alza del precio del pan, llevó a los panaderos a la guillotina juntamente con los nobles, mientras el precio del pan seguía aumentando. Y ese poder derivó de la soberanía inalienable e indivisible del pueblo, que había encontrado en Robespierre la expresión misma de la voluntad general, hasta que entre el 9 Termidor y el 18 Brumario cambió de nombre y de procedimientos. Así había dicho Rousseau en el *Contrato social*: "De la misma manera que la naturaleza le ha dado a cada hombre poder absoluto sobre las partes de su cuerpo, el pacto social da al cuerpo político el poder absoluto sobre sus miembros, y es este mismo poder el que bajo la dirección de la voluntad general, lleva el nombre de Soberanía, tal como ya lo he dicho".

La aparición de Napoleón en la escena política de Europa constituyó así la primera manifestación de las alternativas del poder político que se ofrecieron a los europeos desde 1789 hasta la Segunda Guerra Mundial: el jacobinismo socialista y el cesarismo fascista. El poder soberano es o tiende al absoluto en ambos regímenes. En el primero, la propiedad privada debe desaparecer; en el segundo, es absolutamente dependiente del poder soberano. Como apuntó Alexis de Tocqueville en *Democracia en América*, "los pueblos odian a los tiranos pero aman la tiranía".[6]

El imperio napoleónico nació de las cenizas de la Revolución. Napoleón sólo podía haber surgido de la Revolución y fue él mismo quien determinó su fin. Proveniente de las entrañas del terror, la nueva Francia se diferenciaba de la vieja por el origen bastardo de las tes-

6   *Democracy in America*. New York, Doubleday & Company, 1969.

tas coronadas. Lejos de significar un fenómeno que eliminara la posibilidad de nuevas revoluciones, 1789 había sido tan sólo la primera de una larga sucesión que alteraría la vida política francesa en el siglo XIX.

La realidad era que los objetivos "nacionales" no se habían modificado y en el imperio los mariscales que sustituyeron a los generales eran más eficientes bajo el genio militar de Napoleón. El propósito social de la igualdad sólo había logrado la desigualdad y la guerra seguía siendo el fin por antonomasia de la actividad política. A ella se sometió la economía y el denominado Sistema Continental empobreció a Europa bajo el peso de las bayonetas triunfantes del águila imperial.

6. Feudalismo y Revolución

La Revolución produjo la derrota definitiva del régimen feudal en una gran parte de Europa, pero en Francia el feudalismo había sido destruido desde los tiempos de Richelieu. El absolutismo de Luis XIV determinó luego la existencia de una aristocracia privilegiada y dependiente del rey. El imperio napoleónico siguió basándose en el mismo principio absoluto del poder; el comercio y los intereses económicos, en los cuales se manifiestan los derechos individuales, permanecieron conculcados como en el antiguo régimen y en el período revolucionario. Indudablemente, Napoleón demostró mayor capacidad administrativa que sus antecesores y el sistema impositivo fue mejorado en equidad y eficiencia. Lamentablemente, las arcas fiscales continuaron siendo el objetivo del gobierno, más allá de la riqueza de la Nación.

Tal como señala Alberdi en *Conferencia de luz del día*, Napoleón daba la tónica del concepto latino de libertad: "¿Cuál es la índole y condición de la libertad latina? Es la libertad de todos refundida y consolidada en una sola libertad colectiva y solidaria, de cuyo ejercicio exclusivo está encargado un libre emperador o un zar libertador.

Es la libertad del país personificada en su gobierno y su gobierno todo entero personificado en un hombre. Es la libertad autoritaria; y el hombre autoridad en quien se personifica, al estilo romano o latino, puede con razón decir: la libertad soy yo, como aquel patriota rey que dijo: la patria o el Estado soy yo".[7]

La Revolución Francesa hablaba de los derechos del hombre, pero no había encontrado el único camino de acceso a ese carácter de la civilización. Por ello, la destrucción del sistema feudal no significó en la práctica más que derechos teóricos que se confundieron en sus expresiones con los logros de otra revolución que sí había cambiado, o estaba cambiando, los destinos de la humanidad. Ésa no fue otra que la Revolución Norteamericana de 1776, que había encontrado sus raíces filosóficas en Locke y sus antecedentes históricos en la Revolución Gloriosa de 1688, en Inglaterra.

El rumbo elegido había ignorado en Francia la verdadera revolución filosófica que marcó el camino de la libertad. Ése fue el descubrimiento, o más, el reconocimiento eticopolítico, de la falibilidad del hombre más allá de los postulados religiosos. A partir de esta aceptación, que gravitaría sobre la sociedad aún más que el descubrimiento de la física cuántica, surge la concepción ética de la política, en la que los intereses particulares no son necesariamente contrarios al interés general. La ausencia de ese principio en el proceso revolucionario, fundado precisamente en el criterio rousseauniano de la voluntad general como expresión unívoca de la soberanía, impediría que el fin del feudalismo modificara sustancialmente la relación del individuo con el poder político. En el supuesto republicano, la división de los poderes quedaba éticamente desvalorizada frente a la representación de una virtual voluntad general que, en su esencia fáctica, desconocía los intereses particulares que proclamaba defender.

Como resultado, después de la Revolución, siguió imperando el principio bélico sobre la sociedad de intercambio y producción. Napoleón sería la expresión histórica de los designios del Geist y éste,

7   Véase Juan B. Alberdi. *Obras completas*. Buenos Aires, 1887.

como Alejandro y Julio César, habría de significar un nuevo hito en el cual Hegel fundamentaría su *Filosofía de la historia*. La ética del gran hombre y de la razón de Estado se imponían filosóficamente en Europa, en desmedro de los intereses individuales, que quedaban reducidos, en las propias palabras de Hegel, a la incomprensión de los hombres para percibir su verdadero interés. El despotismo, tan antiguo como el hombre, había sido convertido, por obra del pensamiento que generó la Revolución Francesa, en totalitarismo. Éste no era otra cosa que la intelectualización de aquél: Europa sufrió el flagelo de la razón de Estado tanto de la mano de los revolucionarios como de la de sus opositores. La guerra siguió siendo el objetivo de los Estados y el Estado la razón de ser del hombre. En esta doble sentencia, quedaban pulverizados los derechos del ciudadano como expresión sofisticada de los derechos del hombre. Burke se refirió a este equívoco con elocuencia: "Esta especie de gente está tan absorbida por su teoría sobre los derechos del hombre, que ha olvidado enteramente su naturaleza".[8]

7. Revolución y revoluciones

¿Fue entonces la Revolución Francesa de 1789 el comienzo de una etapa de estabilidad y de progreso para el curso de la propia historia de Francia y para el de la historia de Europa? Los acontecimientos posteriores parecen convalidar la inquietud de Burke al referirse a la Revolución Gloriosa en Inglaterra: "Muestra la preocupación de los grandes hombres que influyeron en la dirección de los negocios en aquel gran acontecimiento por hacer de la Revolución la base de estabilización y no criadero de futuras revoluciones".[9]

La historia ha probado que la Revolución Francesa estuvo lejos de ser un comienzo de estabilidad y de moderación en el continente europeo. Las sabias palabras de Alexander Hamilton respecto de las

8 y 9   Véase Juan B. Alberdi. *Obras completas*. Buenos Aires, 1887.

revoluciones explicaban los excesos del terror. Escribía en *El Federalista*: "Era algo que difícilmente podía esperarse que en una revolución popular la mente de los hombres se detuviera en ese feliz medio que marca la saludable frontera entre poder y privilegio y combinara la energía del gobierno con la seguridad de los derechos privados".[10]

Es evidente que la Revolución Francesa transpuso en exceso ese feliz medio. Así tenía que ser, porque los principios que efectivamente la impulsaron confundían, por una parte, privilegios y poder y, por la otra, propiedad y privilegios. Asimismo, en otro ámbito no menos importante, no había comprendido las diferencias entre la religión como instrumento del poder político y la religión como aspiración trascendente del hombre.

En esas circunstancias, forzosamente la Revolución Francesa, tanto en un campo como en otro, distó de producir resultados como los de la Revolución Gloriosa de 1688 y su expresión republicana, la Revolución Norteamericana de 1776. Alexis de Tocqueville observa esta realidad con gran lucidez en *El antiguo régimen*: "No era tanto su parlamento, su libertad, su publicidad, su jurado, lo que hacía ya entonces a Inglaterra tan distinta de Europa, cuanto algo más peculiar todavía y mucho más eficaz. Inglaterra era el único país donde se había no ya alterado, sino eficazmente destruido, el sistema de castas. Los nobles y los plebeyos se dedicaban juntamente a los mismos negocios, abrazaban las mismas profesiones y, lo que es mucho más significativo, se casaban entre sí".[11]

En la aguda observación de Tocqueville, podemos apreciar que la supresión de los privilegios había permitido la seguridad de la propiedad privada. Era ésta, y no el descarnado poder político, la que posibilitaba el acercamiento de las clases sociales. La sociedad inglesa había hecho suyas las palabras de Locke: "...sin propiedad no hay justicia".[12] Más tarde y en ese mismo sentido, Hume establecería los

10 Véase The Federalist, papers. New York, New American Library, 1961, pág. 168.
11 Madrid, 1969.
12 Locke, John. The Second Treatise on Civil Government, en On Politics and Education. New York, Walter Black Inc., 1947.

principios sobre los cuales se funda la sociedad libre y que son "la seguridad en la posesión, la transferencia por consenso y el cumplimiento de las promesas".[13]

El equívoco de Rousseau, más tarde repetido por Marx, surgía de
la confusión en la relación de causalidad entre propiedad y privilegio.
En el mundo aristocrático, donde la guerra era la función fundamental del hombre, la propiedad no era la causa sino el resultado del poder
político alcanzado por las armas. Las armas otorgaban el privilegio,
éste el poder político, y la propiedad era el premio y la consecuencia
del privilegio. Concebida así la sociedad, la revolución no podía menos
que destruir la propiedad privada como instrumento para destruir el
privilegio. La propiedad era el origen de las desigualdades del hombre en los términos de Rousseau: abolida la propiedad, pues, ad-
vendrían el reino de la igualdad y la abolición de los privilegios.

Pronto los revolucionarios, más allá de los instintos sanguinarios
que despertó la Revolución Francesa en las entrañas de ese mismo
pueblo al que pretendían seducir, se dieron cuenta de que el poder en
sí mismo no necesita de la propiedad para establecer sus propios privilegios. Y aquel poder había surgido de la violación de los más sub-
limes sentimientos del hombre en la búsqueda de una racionalidad e
ignorante de su misma naturaleza.

Es adecuado recordar aquí las palabras más que elocuentes de Alfonso de Lamartine respecto de los crímenes del 2 de septiembre per-
petrados por Danton desde el Ayuntamiento de París: "Tales fueron
las jornadas de septiembre. Las sepulturas de Clamart y las catacum-
bas de la barrera de Santiago fueron los únicos que supieron el
número de las víctimas. Unos cuentan diez mil y otros las reducen a
dos o tres mil; pero el crimen no está en el número sino en el acto de
estos asesinatos. *Una teoría bárbara ha pretendido justificarlo* (el destacado es propio). Las teorías que sublevan las conciencias no son sino
paradojas del espíritu al servicio de las aberraciones del corazón. Algunos piensan engrandecerse elevándose en los mal llamados cálcu-
los del hombre de Estado, por encima de los escrúpulos de la moral y
de la ternura del alma. Con esto se creen superiores al hombre y se

engañan, porque lo único que logran es degradarse a sí mismos y rebajarse de la dignidad de tales. Todo lo que cercena al hombre parte de su sensibilidad, le quita una parte de su verdadera grandeza. Todo el que niega su verdadera conciencia le quita una parte de su luz. La luz del hombre está en su espíritu, pero sobre todo en su conciencia. Los sistemas fascinan: sólo el sentimiento es infalible como la naturaleza. Disputar la criminalidad de las jornadas de septiembre es sostener una falsedad contra el sentimiento general de la especie humana, es negar la naturaleza, que no es más que la moral en el instinto. Nada en el hombre es más grande que la humanidad. A los gobiernos, como a los individuos, no les es permitido asesinar: la cantidad de las víctimas no cambia el carácter del asesinato. Si una gota de sangre mancha la mano de un asesino, los torrentes de ella no purifican la de Danton. La magnitud del delito no lo transforma en virtud. Las pirámides de cadáveres levantan a una gran altura a ciertos hombres, pero aun sube mucho más arriba la execración de los hombres a quienes las forman".[14]

La humanidad estaba por ver crímenes aún mayores de la mano de los herederos de los jacobinos, los bolcheviques, sustentados en principios similares. Frente a éstos, las palabras de Lamartine suenan como una severa admonición. Los derechos privados eran una y otra vez conculcados en el continente europeo, tanto por los herederos de la Revolución Francesa como por sus supuestos opositores. A Napoleón habrían de sobrevenir los Bismarck, los Hitler, los Lenin, los Stalin, los Mao, hasta tocar nuestras playas y erigirse en Cuba la dictadura de Fidel Castro.

A la Revolución Francesa le debemos aún otro crimen histórico, cual es el de apropiarse del proceso de libertad del hombre como resultado de aquellas jornadas de septiembre. Ese crimen de lesa humanidad fue luego considerado anecdótico frente a los trascendentes objetivos del Iluminismo escondido en la razón. La teoría bárbara que pretendía justificarlo, a la cual se refiere Lamartine, ha tenido quizás un mayor éxito que el que le auguró este poeta de la historia.

13 y 14 Hume, David. *Tratado sobre la naturaleza humana*. México, 1977.

8. La Revolución y el capitalismo

La historia de Francia muestra a las claras que la Revolución no alcanzó el medio feliz de Hamilton ni se convirtió en la base de la futura estabilidad política requerida por Burke. La República, o el intento de República, estuvo en manos de Danton desde el Ayuntamiento de París, primero, y definitivamente bajo la dictadura de Robespierre hasta el 9 Termidor (julio 27, 1794). El Directorio que surgió este día pronto dio paso al Consulado el 18 Brumario (noviembre 9, 1799), cuando Napoleón Bonaparte se apoderó del poder. En mayo de 1804, se proclamó emperador y una nueva dinastía sin nobleza se adueñaba de las coronas europeas bajo el imperio del miedo y rediseñaba el mapa de Europa.

Finalmente, Waterloo determinó la definitiva caída del imperio después de los cien días y el retorno de los Borbones al trono de Francia. En 1814, Luis XVIII, hermano de Luis XVI, era proclamado rey de Francia bajo una Constitución que limitaba los poderes del rey. Su sucesor, Carlos X, intentó reinstaurar el absolutismo y fue depuesto por la Revolución de 1830. Con el auxilio de los republicanos, Luis Felipe, hijo de Felipe de Orléans, accedió al trono francés en un régimen más liberal, no sólo en lo político sino también en lo económico. No obstante, sus primeros cinco años de gobierno se caracterizaron por revueltas que eran la expresión de la inestabilidad política.

El 22 de febrero de 1848, el gobierno de Luis Felipe enfrentó una revuelta popular apoyada por la Guardia Nacional que produjo la caída del rey. Un nuevo gobierno provisional tomó posesión y dio paso a la Segunda República. Sólo la elocuencia de Lamartine impidió que ya entonces la bandera tricolor fuera sustituida por la roja de la izquierda. Ese día ya se había publicado el *Manifiesto comunista* y en Francia el jacobinismo pervivía en Saint Simón y en Fourier como hijos predilectos de Rousseau.[15]

Las elecciones de ese mismo año llevaron al poder a Carlos Luis

15 Cfr. Thomson, David. *Europe since Napoleon*. New York, 1980.

Napoleón, hijo del hermano de Napoleón, Luis Bonaparte. En 1852 y siguiendo los pasos de su tío, Luis Napoleón dio un golpe de Estado, proclamándose emperador bajo el nombre de Napoleón III. La guerra de Crimea y sus manejos en Italia le dieron mayor popularidad. Su gobierno se sustentó en los principios corporativos establecidos por Napoleón I, que se apoyaba en los sectores militar, administrativo, judicial, religioso y financiero. La autocracia había sustituido nuevamente los intentos republicanos y el nuevo imperio se mantuvo hasta 1870, cuando en Sedan las tropas de Molke y de Bismarck destruyeron al emperador.

Este es el inicio de la Tercera República, con el gobierno de Thiers, quien ya en 1871 tenía que enfrentar la revolución de las comunas de París. Una vez más, la República Francesa se encontraba ante el ataque de la Iglesia y de los militares, desde la derecha, y desde la izquierda con la fuerza de las comunas. Consecuentemente, el nuevo sistema de gobierno se caracterizó por un parlamento escindido en múltiples luchas partidarias, cuyo signo era de oposición al gobierno y, además, de oposición al sistema político que la República entrañaba. Así, estaban los monárquicos y los socialistas minando desde distintos ángulos la estructura misma del Estado republicano. En tales circunstancias, no era extraño que la Tercera República se perfilara en una profunda inestabilidad política. Entre 1871 y 1914, salvo raras excepciones, los gobiernos se sucedían en más de dos por año.[16]

Durante la Primera Guerra Mundial, en medio del terror, hubo un período de estabilidad que finalizó juntamente con la guerra, en 1918, conflicto en el cual Francia fue salvada por Estados Unidos de tener un nuevo Sedan a manos del Kaiser. Europa seguía sin enterarse de los supuestos principios de libertad e internacionalismo de la Revolución Francesa y la década del treinta vio la lucha entre la izquierda marxista y la derecha fascista. La Segunda Guerra Mundial fue el holocausto, la conflagración europea a la que se sumaron las tradicionales luchas entre naciones (Hegel) y la lucha de clases (Marx). Una vez más, Europa era salvada de sus propios hombres por

16 Cfr. Shirer, William. *The Colapse of the Third Republic*. New York, Simon and Schuster, 1969.

una fuerza extraña proveniente del otro lado del Atlántico, los Estados Unidos de América.

La diferencia entre los principios que rigieron la idea de libertad, derivados de la Revolución Gloriosa y posteriormente de la Revolución Norteamericana, por un lado, y el jacobinismo de la Revolución Francesa, por el otro, originó dos sociedades muy distintas. En el primer caso, se imponían la estabilidad política, la libertad religiosa y la libertad de expresión y se garantizaban los derechos privados. Nada de esto se verificaba en Francia y mucho menos en el resto de Europa, que se suponía influida por la Revolución Francesa a través de las tropas napoleónicas.

En el orden económico, Inglaterra seguía siendo el país más industrializado de Europa y ya en 1914 el Producto Bruto Nacional de Estados Unidos igualaba al de los principales países europeos sumados (Gran Bretaña, Alemania, Francia, el Imperio Austro–Húngaro, Italia y Rusia). El sistema capitalista que imperaba en el mundo anglosajón enfrentaba al nacionalismo y al socialismo en Europa. La distribución como objetivo entre países del nacionalismo y la distribución entre países del estatismo socialista resultaban el eterno imperativo bélico europeo: la guerra y la lucha de clases. En medio, entre la muerte y la pobreza, quedaba atrapado el ciudadano, que se suponía destinatario de los propósitos del bien, hasta que los tanques Sherman, en la Segunda Guerra, determinaron un nuevo curso político y económico en Europa, aún inmersa en el pensamiento contrario a sus principios.

9. La Revolución Francesa y Marx (jacobinos y bolcheviques)

De la historia anterior, se puede colegir que los principios que informaron a la Revolución Francesa no dieron lugar a un mundo mejor. En este sentido, es necesario hacer una distinción entre los principios o valores que se proclaman y los instrumentos empleados para alcanzar los objetivos.

Se puede decir, entonces, que los principios de libertad, igualdad y fraternidad ni siquiera parten de la Revolución Francesa: constituyen el elemento esencial del cristianismo. No obstante, no se impusieron en la época feudal, cuando la Iglesia reinaba sobre Europa. Tampoco sus fines se lograron cuando el racionalismo intentó colocarse en el lugar de Dios y violentar la conciencia de los hombres con verdades contingentes pretendidamente sostenidas como absolutos.

Es un hecho manifiesto que los principios de la Revolución Francesa se sustentaban en gran parte en los escritos de Juan Jacobo Rousseau. Ellos influyeron en los conceptos de libertad, de igualdad y de fraternidad. El ateísmo insuflado a la Revolución abrevaba en otras fuentes: Voltaire y Diderot. La concepción del poder absoluto en función de un objetivo social trascendente se inspiraba en el *Contrato Social* y en el romanticismo de *Discurso sobre el origen de la desigualdad entre los hombres*. Maximiliano Robespierre es quien encarna políticamente ese pensamiento, el cual –como dije en acápites anteriores–, al confundir privilegios con propiedad privada, dejaba al ciudadano inerme frente a la arbitrariedad del poder político. El "incorruptible" convirtió la fraternidad en odio, mientras la guillotina daba cuenta de la libertad en su infructuosa búsqueda de la igualdad, búsqueda que surgía de la desigualdad del poder político.

En 1848, Marx y Engels publicaban el *Manifiesto comunista*, cuya visión respecto de la propiedad privada sólo modificaba la de Rousseau en que el sistema denominado capitalista por Marx creaba otros medios de producción, además de la tierra. Rousseau escribió considerando la economía como un dato, mientras vivía en un medio donde la economía se estancaba. Marx alcanzó a ver el crecimiento económico producido por el acceso al poder de la burguesía, pero lo tomó como un dato de la historia, cuya dinámica propia había de producir. Rousseau percibía el feudalismo económico como un dato y pretendía la modificación política que conllevaba una distribución distinta de los frutos de la tierra. Marx vio la caída del sistema eco-

nomicopolítico del feudalismo y, tomando en cuenta el curso del crecimiento económico, pretendía una apropiación diferente de la riqueza.
Ambos concebían un sistema de distribución "racional", en función de
la idea romántica de la igualdad y fraternidad entre los hombres. Para
ello, admitieron la soberanía como un absoluto, en el cual la totalidad
se reflejaba en sus intereses comunes.

La soberanía como entelequia no iba a satisfacer la realidad política, tal como señalaría Hegel en su *Filosofía del derecho*. La voluntad
general personificada en el monarca, según su concepción, ya había
tenido su realidad política en el "incorruptible". Marx, dependiente de
las ideas de ambos, trató de encontrar una nueva entelequia que diera
lugar concreto a la voluntad general. Consciente de la falacia del
pueblo como entelequia y contrario a la monarquía, halló en la dictadura del proletariado el sustrato político en que debía fundarse la
voluntad general rectora de los intereses comunes de la clase social por
antonomasia: la clase trabajadora, en clara oposición a la burguesía,
supuestamente ociosa y dueña de los medios de producción.

La dictadura del proletariado, conceptualmente una entelequia
como el pueblo, había de encarnarse necesariamente en su realidad
política. Y en 1917 esa realidad política fue Vladimir Ilich Ulianov
(Lenin). Los intereses particulares, o sea los derechos privados, eran
–tanto para Marx como para Rousseau– el origen de las desigualdades que la "voluntad general" debe eliminar. El bien común es así
concebido en abstracto y el absoluto político de la soberanía toma la
dimensión de un hombre cuyo poder, como diría Alberdi, significa la
libertad absoluta. No fue otro que el propio Lenin quien, en *Dos tác-
ticas de la socialdemocracia*, describió a los bolcheviques como los jacobinos contemporáneos. Así profetizó que "si la revolución gana una
victoria decisiva, entonces arreglaremos cuentas con el zarismo en la
forma jacobina o, si ustedes prefieren, en la forma plebeya". Y continuó: "Ellos (los bolcheviques) quieren que el pueblo, el proletariado y el campesinado, arregle sus cuentas con la monarquía y la aristocracia en la forma plebeya, cruentamente, destruyendo a los
enemigos de la libertad, destrozando su resistencia por la fuerza, sin

hacer concesiones..."[17] En estos términos estaba escrita la muerte del zar y de la aristocracia rusa, junto con la burguesía que podría oponerse a la dictadura.

Así como Robespierre había concebido la república sin el rey y su cabeza era el símbolo de esta independencia, así Marx pensó al monarca en su *Crítica de la filosofía hegeliana del derecho*. Allí escribió: "Si el monarca es la soberanía real del Estado, el monarca tendría que ser considerado un Estado independiente también en relación con los otros, aun sin el pueblo. Si él fuera el soberano; sin embargo él representa la unidad del pueblo y él es entonces solamente un representante, el símbolo de la soberanía del pueblo. La soberanía del pueblo no existe a través de él, sino que él existe a través de ella".[18] Nuevamente, dice Lenin en el ensayo citado: "Los revolucionarios vulgares dejan de ver que las palabras son acciones también". Lo que Marx había escrito era acto en Lenin, de la misma manera que Robespierre era la acción de las palabras de Rousseau. Los crímenes del monarca de la aristocracia y de la burguesía cerraban la brecha entre la palabra y la acción. Los jacobinos habían mostrado el camino; los bolcheviques lo siguieron; la sangre y la muerte fueron las realidades de la libertad concebida por Rousseau y Marx y asesinadas por Robespierre y Lenin.

10. La Revolución Francesa y América del Sur

La historia política y económica de Francia y del resto de Europa evidencia el fracaso de los postulados de la Revolución Francesa para conseguir la libertad, la igualdad y la fraternidad. Sin embargo, tal vez en ninguna parte del mundo el fracaso republicano de la Revolución Francesa fue tan notorio como en la evolución política de la

---

17 Véase The Lenin Anthology. New York, Norton & Company, 1975.
18 En Writing of the Young Philosophy and Societ,. "Critic of Hegel Philosophy". New York, Anchor Book Edition, 1967.

América del Sur. La emancipación de las colonias españolas del Continente se llevó a cabo sin duda bajo la égida de sus principios republicanos. Más aún, la invasión de España por el Aguila Imperial y el acceso al trono de Pepe Botella (José Bonaparte, hermano de Napoleón) fueron sucesos determinantes en la separación política y que, inclusive, facilitaron o permitieron la separación en el campo militar.

Mientras la lucha por la independencia política triunfaba y una por una las colonias españolas en América se iban separando internamente de la Metrópoli, las Leyes de Indias seguían rigiendo, como observa Alberdi con agudeza. La emancipación inspirada en los principios racionalistas del Iluminismo, con innegable componente jacobino, ganaba la batalla a España, pero internamente el triunfo era del feudalismo nacional y de la Iglesia.

Una y otra vez, la libertad se agotaba en la independencia política, como había ocurrido en Europa. Los derechos privados eran desconocidos, tanto por los elementos tradicionales como por sus opuestos revolucionarios. Después de la escisión política, la revolución y los golpes de Estado plagaban la sociedad de América del Sur. El propio Bolívar, en 1823, escribía: "Observamos en toda la generosidad de la América un solo giro en los negocios públicos: épocas iguales según los tiempos y en circunstancias correspondientes a otras épocas y circunstancias de los nuevos Estados. En ninguna parte las elecciones son legales; en ninguna se sucede el mando por los electos según la Ley. Si Buenos Aires aborta a un Lavalle, el resto de la América se encuentra plagado de Lavalles. Si Dorrego es asesinado, asesinatos se perpetran en México, Bolivia y Colombia; el 25 de septiembre está muy reciente para olvidarlo. Si Pueyrredón se roba el tesoro público, no falta en Colombia quien haga otro tanto. Si Córdoba y Paraguay son oprimidos por hipócritas sanguinarios, el Perú nos ofrece al general José La Mar cubierto con una piel de asno, mostrando la lengua sedienta de sangre americana y las uñas de un tigre. Si los movimientos anárquicos se perpetúan en todas las provincias argentinas, Chile y Guatemala nos escandalizan de tal manera que apenas nos dejan esperanza de calma..."19

Las palabras de Bolívar no son sólo elocuentes para su momento histórico, sino para la historia de América del Sur casi hasta nuestros días. La inestabilidad y la pobreza han sido el resultado de intentar establecer sistemas republicanos sin asegurar los derechos privados y con un Estado que recurrentemente pretende el rol que les niega a las personas. En este sentido, y con toda lucidez, Alberdi sostuvo –como cité arriba– que las Leyes de Indias seguían imperando en América del Sur después de la emancipación. La otra opción siempre fue la Revolución Francesa, que había robado el vocablo "liberal", cuando en realidad fue la generadora del racionalismo político y del socialismo económico, tanto en los postulados como en los hechos.

La confusión entre libertad externa o independencia y libertad interna o derechos privados fue la causa de este desasosiego histórico en que se repetía como farsa lo que había constituido la tragedia de la historia europea. Alberdi escribió que América del Sur se liberaría el día que se liberase de sus liberadores. Sólo Argentina llevó a cabo un proyecto distinto y fue así la única república americana que incorporó en su Constitución de 1853 los principios de la Revolución Gloriosa de 1688 y de la Revolución Norteamericana de 1776. Así logró salir de la trampa en que estaba sumido el resto de la América del Sur, entre las Leyes de Indias y el jacobinismo revolucionario recibido de Francia. Se adelantaba a Europa en casi cien años y, en consecuencia, a fines del siglo XIX había pasado a ocupar uno de los primeros lugares del mundo. Lamentablemente, a partir de la década del treinta, la Argentina vuelve a remedar a Europa continental. La izquierda marxista disputa el poder a la creciente influencia fascista y el fascismo gana la batalla política, tras haber sido derrotado en 1945 en Europa. Su triunfo marca la declinación argentina y la frustración de los argentinos, quienes, durante todo ese tiempo, tuvieron como única alternativa aquella que ofrecían los descendientes de los jacobinos, con indudables malas intenciones y posibilidades reales ciertamente exiguas.

19 *"Una mirada sobre América Española"*, en Discursos, proclamas y epistolario político. Madrid, 1981.

11. CONCLUSIONES

La Revolución Francesa, pues, no sólo ha sido un crimen en sus actos, sino que en ningún caso podía esperarse que a partir de sus fuentes la libertad y el bienestar que hoy disfruta el denominado mundo de las democracias occidentales, fueran posibles. Ha confundido la historia. La humanidad pensó que, a partir de ese asesinato colectivo, ha tenido acceso a la libertad con la eliminación de los privilegios. Ante tal equívoco, la palabra "liberal" fue vilipendiada y despreciada, pues había sido dotada de una significación reñida con los más elementales principios éticos.

Creó el problema más que acuciante de enfrentar, en una lucha sórdida y fratricida, al ateísmo y al clericalismo como antítesis, cuando en realidad ambos niegan la libertad de conciencia, el elemento fundamental del cristianismo, como apuntó Locke en su imperecedera *Carta sobre la tolerancia*.[20]

Ni la libertad de conciencia ni los derechos individuales, hoy llamados derechos humanos, surgieron de la Revolución Francesa. Tampoco el principio de la libertad de expresión y mucho menos el del progreso económico, nacido de la denominada Revolución Industrial. Si tal crimen fuera justificado en función de estos logros, se habría cometido el doble error de creer que el crimen los ha producido o, lo que es casi lo mismo, que en razón de tales objetivos tal crimen es justificable. En rigor, los efectos de la Revolución Francesa deben buscarse hoy en sus herederos de atrás de la Cortina de Hierro.

La República proyectada se escapó entre las notas de La Marsellesa y la bandera tricolor. Había ignorado los límites expuestos por Madison dos años antes del 14 de julio en *El Federalista*: "Por lo tanto, esas democracias han sido siempre espectáculos de turbulencias y desacatos. Siempre se han encontrado incompatibles con la seguridad

20 En *On Politics and Education*. New York, 1947.

personal o los derechos de propiedad: y en general han sido tan cortos en su vida como violentos en su muerte. Políticos teóricos que han patrocinado esta especie de gobiernos, han supuesto erróneamente que, reduciendo a la humanidad a una perfecta igualdad en sus derechos políticos, ella sería al mismo tiempo perfectamente igualada y asimilada en sus posesiones, sus opiniones y sus posiciones".

En Luis XVI se consumó un crimen de lesa humanidad. Se rebajó la ley para satisfacer las ambiciones de poder de hombres sin alma, que en su soberbia habían olvidado el alma de los hombres.

VIII. EL LIBERALISMO Y LA IGLESIA

1. Evolución

a) Historia

Es indudable que si el liberalismo va a volver a la Argentina es necesario un nuevo entendimiento con la Iglesia Católica. Lamentablemente, el enfrentamiento de la Iglesia con el liberalismo tiene raíces profundas que encuentran su origen en el "Syllabus" de errores emitido por el Papa Pío IX en 1864, después de la pérdida de los Estados Pontificios.

El antecedente más pernicioso en este enfrentamiento data precisamente de la Revolución Francesa. Otro anterior fue la ruptura de la Iglesia con Inglaterra, a raíz de los desvíos amorosos del otrora Defensor de la Fe, Enrique VIII.

Podría decirse que el liberalismo encuentra en el cristianismo su fuente más lejana, pues fue éste el primer movimiento histórico que rescató el valor de la persona individual como criatura de Dios frente al poder temporal. Lamentablemente, la historia política europea no muestra en su realidad, más allá de las propuestas teóricas de los valores que se sostenían, que esta defensa del individuo como tal frente al poder constituido haya prevalecido.

Fue sólo a partir de los principios liberales de distribución del poder y de la consecuente limitación del poder político que la libertad y la igualdad ante la ley transformaron la sociedad. La *Moral a Nicómaco* sigue sin embargo influyendo el pensamiento católico, que tiende a tomar por dada la generación de riqueza, en tanto que postula la distribución como el cenit de la moral.

Dentro de los derechos individuales que preconizó el liberalismo, fue la libertad religiosa quizás el más preciado bien que obtuvo la humanidad después de guerras interminables en que la religión se confundía con la política. Finalmente, la Guerra de los Treinta Años liquidó a la mitad de la población de Francia y Alemania. La tolerancia religiosa fue quizás el primer paso del liberalismo en el mundo y el origen de la llamada Revolución Gloriosa de Inglaterra, en 1688.

En 1687, John Locke había escrito lo que hoy puede considerarse el catecismo de la libertad de conciencia en su *Carta sobre la tolerancia*. Allí dice Locke que: si el Evangelio y los apóstoles deben ser creídos, ningún hombre puede ser cristiano sin caridad y sin esa fe que opera no por la fuerza, sino por el amor. El objetivo de la verdadera religión es otro totalmente diferente. No está instituido para erigir pompas externas, ni para la obtención del dominio eclesiástico, ni para ejercitar la fuerza compulsiva, sino para regular la vida de los hombres conforme con las reglas de la virtud y de la piedad. Toda la vida y poder de la verdadera religión consiste en la completa presunción interna de la mente; y la fe no es tal sin la creencia. Todo hombre tiene la comisión de admonición de exhortación, de convencer a otro de errores, y mediante la razón atraerlo a la verdad. Pero el dar leyes, recibir obediencia y competir con la espada pertenece sólo al magistrado.

Lamentablemente, estos preceptos de Locke fueron ignorados cuando, cien años más tarde, en 1789, se produce la Revolución Francesa. Ésta hizo del ateísmo una profesión de fe que intentó sustituir a Dios por la Razón. La guillotina y el terror hicieron estragos en el clero, mientras la libertad declamada construía los cimientos mismos de la opresión y el totalitarismo que habrían de representar

Robespierre y Napoleón. La Revolución Francesa no fue liberal, sino los prolegómenos del socialismo totalitario que más tarde hizo eclosión en Marx; ni la razón fue un sustituto para el ansia de divinidad del hombre.

b) La Argentina

Estos antecedentes definitivamente no contribuyeron al mejor entendimiento, pero la realidad del país requiere un esfuerzo de consuno para hallar un camino que, si bien puede no ser común, no es antagónico. A pesar de ser la Argentina un país de origen liberal, como muestra su Constitución, igualmente su población es mayoritariamente católica. Por otra parte, y más allá del antiliberalismo permanente de la jerarquía católica, igualmente la realidad del país muestra que, bajo los regímenes políticos no liberales y antiliberales que han regido al país en los últimos cincuenta años, son las clases menos pudientes las que han sufrido y siguen sufriendo las mayores necesidades.

Tal impulso liberal apareció sobre las cenizas de un esquema totalitario que surgía de Leyes de Indias que prevalecían en el Continente, aun después de la emancipación política de España. La epopeya argentina fue quizás el milagro del siglo XIX y le permitió al país transitar un proyecto político que se adelantaba en más de cien años a la propia Europa continental y que desde luego implicaba lo que parecía la ruptura definitiva con el medioevo de la Contrarreforma española, que llegó casi hasta nuestros días.

Es indudable también que ese proyecto político, llevado a cabo por liberales católicos y no católicos, tropezó en distintas oportunidades con la jerarquía eclesiástica. Tanto, que tal vez olvidamos que durante la primera presidencia de Roca, la Argentina rompió relaciones con Roma y éstas no fueron reanudadas hasta entrado el siglo

XX. Las razones de este desencuentro fueron siempre políticas, pues sólo cuando la Iglesia entra en este campo puede producirse alguna colisión con el liberalismo. Éste, lejos de desconocer los valores del espíritu, tuvo como gran aporte a la humanidad la sabiduría de apartar esos conceptos trascendentes de las contingencias humanas en su lucha por el poder político.

La Argentina declaró así, en su Constitución de 1853, la libertad de cultos. Este paso trascendente en el camino de la tolerancia, que es el carácter por antonomasia del liberalismo, fue aún más relevante en la Argentina que en los propios Estados Unidos. Allá, las diversas corrientes religiosas requerían de tal apertura como condición misma de la sobrevivencia de la Unión. En la Argentina, donde prevalecía la religión católica todavía impregnada de las disposiciones de las Leyes de Indias, tal paso reflejó la sabiduría imperecedera de los propios católicos que, bajo la tutela intelectual de Fray Mamerto Esquiú, produjeron un hito histórico entre las ex colonias de España en América.

No obstante los progresos argentinos, es indudable que las ideas fascistas y corporativas prevalecientes en la Europa de los años treinta entraron en la Argentina en esa década a través del nacionalismo católico. La franca posición antiliberal del gobierno argentino en los albores de la Segunda Guerra Mundial se puso de manifiesto en su neutralidad casi hasta la rendición de Alemania, en junio de 1945. La revolución de 1943 había seguido esa trayectoria de la mano de los principios políticos establecidos por el Gou, cuyo carácter fascista se pone de manifiesto en los documentos recopilados por Potash y publicados por Sudamericana.

Llamar fascista a quien hace profesión de fe de tal doctrina no es síntoma de la intolerancia liberal. Si bien es posible que la estrategia política de Braden y su famoso libro blanco pudieron darle a Perón un triunfo marginal en las elecciones de 1946, ello no revela en modo alguno un error en la calificación de fascista del movimiento victorioso.

c) El Marxismo y la Unión Democrática

No creo que la fuerza del marxismo fuera de ninguna manera preponderante en la coalición política que se reconoció con el nombre de Unión Democrática y que enfrentó a Perón en 1946. Más bien podría decir que la mayor parte de la jerarquía eclesiástica hacía tabla rasa entre las profundas diferencias que existen entre el liberalismo y el marxismo y que apoyó políticamente esa estructura en la que, bajo la égida de Perón, confluyeron la expresión corporativa de las Fuerzas Armadas, el sindicalismo y la jerarquía católica.

Es evidente, pues, que hasta ese momento el fascismo surgió como una revalorización contemporánea de las Leyes de Indias, vigentes durante el período rosista y que todavía hoy se pretende definir como la línea San Martín–Rosas–Perón. La caída de Perón entraña a su vez otra profunda confusión histórica. La realidad es que ésta se produjo cuando una parte preponderante de las Fuerzas Armadas y la propia Iglesia se opuso a los desmanes a que había llegado la dictadura peronista, que terminó por quemar las iglesias. Definir la Revolución Libertadora como una epopeya liberal, dirigida precisamente por el general Lonardi, creo que constituye una conceptualización elástica *in extremis*, aun cuando es cierto que la entrada del general Aramburu modificó un tanto el carácter nacionalista católico del movimiento que produjo la caída de Perón en 1955.

d) "Ni vencedores ni vencidos"

Es posible nuevamente que la expresión "ni vencedores ni vencidos" se haya aplicado más al sistema que a los peronistas. Así, no se percibieron cambios profundos en lo que constituyó el proceso de estatización de la economía argentina, en tanto que pudo haber algunos ahora denominados excesos con los peronistas notables. Fue así que la expresión política del peronismo fue excluida. Si algún cambio se logró, fue el que produjo dentro de los militantes nacionalistas el gobierno de Frondizi, cuya caída no puede ser atribuida al liberalismo ni a los liberales, sino precisamente a los radicales y a los sindicatos, que apoyaron a los generales en esta nueva descomposición de la República.

Es posible, también, que muchos liberales hayan apoyado el nuevo golpe de Estado de Onganía ante el temor del retorno peronista. Error craso en el cual yo no caí; pero si bien el doctor Krieger Vasena puso cierto orden en la economía argentina durante el período 1967/1969, no se puede describir ese proceso como liberal. Bastó que se produjera el Cordobazo en pleno auge de la economía para que saltara el ministro con entidad que fue Krieger y quedara de manifiesto de qué lado del espectro estaba el corazón del general Onganía, quien habiéndoles quitado la personería jurídica a los partidos políticos, se la dejó vigente a la CGT, que era el partido político por antonomasia de la política argentina, dirigido desde Puerta de Hierro.

El retorno de Perón significó la profundización del nacionalismo, en el que confluyeron en esta oportunidad los montoneros, o sea la izquierda marxista, de la mano de la Teología de la Liberación, con el nacionalismo católico de donde muchos provenían. Valores aparte, es indudable que todo lo antiliberal y antirrepublicano en la Argentina proviene del nacionalismo católico, del cual participan grandes sectores de la jerarquía eclesiástica, por más que en alguna oportunidad al líder carismático se le haya podido escapar de las manos y aquélla se viera en la necesidad de enfrentarlo.

También es cierto que una gran confusión hubo de producir el gobierno del Proceso respecto de la visión de la sociedad frente al liberalismo. El liberalismo apareció mimetizado con una clase social defensora de privilegios más allá de toda doctrina o pensamiento político. No sé si fue la estupidez de determinados liberales (no hay doctrina que esté exenta de tales personajes) o la habilidad de los contrarios, que mientras se enriquecían desde el poder político denostaban a los ricos por individualistas y liberales. Es en esta dicotomía ética que todavía se debate el quehacer político nacional, como si fuera una lucha entre pobres y ricos y a la que la denominada opción por los pobres declarada por la Iglesia Católica añade una mayor confusión.

e) La completa realidad

El "Syllabus" de errores tiene sus razones y el liberalismo, como expresión de la duda socrática que encuentra en la razón un instrumento del conocimiento y no un absoluto de la Verdad con mayúscula, no puede menos que compartir esta prevención de la Iglesia romana. Igualmente, el liberalismo encuentra en las fuentes evangélicas profundas aseveraciones de la conducta humana, que desafortunadamente la Iglesia en su conducta política muchas veces ha podido olvidar. "El justo peca siete veces... el que esté libre de pecado que arroje la primera piedra... no todo el que dice Señor, Señor entrará en el reino de los cielos... dar al César lo que es del César y a Dios lo que es de Dios..." Tales principios liminares de la apreciación de la naturaleza humana y de las posibilidades de la convivencia en disidencia y el consiguiente postulado liberal de la distribución del poder como instrumento para la limitación de la autoridad son la única garantía de la libertad.

Es precisamente en el campo de la relación entre la intención y la acción humana donde es más requerido el diálogo con la Iglesia, pues la religión y el liberalismo operan desde perspectivas distintas. Es notable que el propio Evangelio señala esta dicotomía en la expresión citada respecto de que no todo el que dice "Señor, Señor" entrará en el reino de los cielos. La religión entrará en el ámbito de la conciencia por vía de la intencionalidad, y tanto Hume como Kant admiten que es sólo ésta la que determina una conciencia moral. Pero al mismo tiempo el liberalismo, en su pretensión de mejoramiento de la sociedad, logra, en los mecanismos que condicionan la acción humana para obtener el mejoramiento de la misma, un resultado que trasciende la mera intencionalidad.

De nada vale que apelemos a la generosidad, y a un supuesto amor al prójimo como a uno mismo (no más) para lograr un bienestar en los más necesitados, que sabemos escapa a estas posibilidades. El mundo desarrollado ha mostrado, a partir de los incentivos individuales, que es posible el bienestar de una mayoría como una armonía entre los intereses individuales y los sociales, sujetos a que se cumplan ciertos principios de carácter general. La construcción apriorística de una oposición entre ambos fines implica la aceptación de una concepción totalitaria que divide a la sociedad entre los morales, que buscan el bien social, y los inmorales, que pretenden su propio interés. Aceptada esta dicotomía, hace irrupción la retórica del Señor, Señor... y en ella encontramos la forma subrepticia de esconder nuestros propios intereses, entre los cuales no es precisamente despreciable el poder político, en la retórica del bien común, en tanto que olvidamos e ignoramos los mecanismos que realmente lo promueven.

La economía es un resultado y no un dato y asimismo el denominado problema social es básicamente un problema económico, entendiendo por tal todo aquel que surge de la realidad de la escasez. La paulatina supremacía del bienestar como pretensión humana no implica un materialismo *per se*, sino precisamente una integración de la conducta, que si bien no se agota en los resultados tampoco puede ignorarlos. Pretender un bienestar para todos sin dar los instrumentos para lograrlo, escudándose en una falta de profesionalidad económica, no parece la forma adecuada de una responsabilidad que pretende ignorar el costo de los medios.

La Iglesia Católica argentina, en su apoyo permanente al peronismo, no obstante los desmanes cometidos por éste contra la propia Iglesia, le ha dado un plafón ético al sistema que precisamente ha empobrecido al país y en particular a la clase de menores recursos en los últimos años. Un diálogo profundo se requiere para que comprendamos que, en lo que hace a esta tierra, liberales e Iglesia tienen bases y objetivos comunes, más allá de los desaciertos históricos y las confusiones éticas.

2. Individualismo y colectivismo

La Congregación para la Doctrina de la Fe ha producido un nuevo documento titulado *Instrucción sobre libertad cristiana y liberación*, en el cual se fija la posición contraria de la Iglesia respecto de la denominada Teología de la Liberación. El documento en cuestión tiene una importancia definitiva para todos aquellos cristianos (o no) que tenemos una profunda preocupación por la libertad del hombre. La Iglesia, con este documento, continúa el camino trazado ya el año pasado, cerrando el paso para que, a través de la Teología de la Liberación, no se usen las enseñanzas de Cristo con el fin de abrir el camino del totalitarismo comunista en América Latina.

Sin entrar a considerar los diferentes aspectos teológicos sobre los que versa el documento, desde el punto de vista moral e histórico del liberalismo es necesario hacer algunas aclaraciones al respecto. Estas aclaraciones son tanto más pertinentes, por cuanto no hay dudas sobre la necesidad de una mayor comprensión entre el liberalismo, como concepción política de respeto a la persona humana, y la Iglesia Católica, cuya misión es mostrarle el camino hacia Dios.

La primera cuestión relevante en esta comprensión se refiere a la supuesta antinomia entre colectivismo e individualismo. El documento mantiene esta tradicional doctrina según la cual la Iglesia se encontraría en un tercer camino que responde a las aspiraciones del hombre y de la sociedad frente a estos extremos que se definen como colectivismo e individualismo. A este respecto, dice el documento:

"A dicho fundamento, que es la dignidad del hombre, están íntimamente ligados el principio de solidaridad y el principio de subsidiariedad.

"En virtud del primero, el hombre debe contribuir con sus seme-jantes al bien común de la sociedad en todos los niveles. Con ello, la doctrina social de la Iglesia se opone a todas las formas de individualismo social o político.

"En virtud del segundo, ni el Estado ni sociedad alguna deberían jamás sustituir la iniciativa y la responsabilidad de las personas y de los gru-pos sociales intermedios, en los niveles en los que éstas puedan actuar, ni des-truir el espacio necesario para su libertad. De este modo, la doctrina social de la Iglesia se opone a todas las formas de colectivismo."

Esta definición parecería darle un contenido moral claro y defin-itivo a la doctrina social de la Iglesia, como el camino idóneo para com-patibilizar el bienestar espiritual y material. O sea, lo que podríamos definir como el camino al cielo y el desarrollo económico sobre la tie-rra. En esta dicotomía, el individualismo parece confundirse con la posición liberal, en tanto que el colectivismo define el marxismo y la lucha de clases. Sin embargo, la filosofía liberal en modo alguno par-ticipa de esa cosmovisión y, por el contrario, sostiene que la antinomia individualismo–colectivismo no es válida. Por otra parte, tan pronto como se acepta que el Estado no es una entelequia sino una estructura de poder compuesta por hombres falibles, como reconoce el Evange-lio –el justo peca siete veces–, la diferencia conceptual entre colectivis-mo e individualismo se desvanece. En la teoría, es obvio que ninguna sociedad puede concebirse éticamente privilegiando el interés particu-lar frente al bien común o los intereses generales. En la práctica, el problema es cómo se define ese "bien común" y cuáles son los medios idóneos para alcanzarlo, teniendo en cuenta precisamente las limita-ciones de la razón y la naturaleza imperfecta del hombre.

a) Tres aportes

Precisamente, tomando en cuenta la realidad de la naturaleza humana, el liberalismo ha hecho tres aportes fundamentales a la convivencia social en libertad. El primero está en el plano de la conciencia moral, al concebir un esquema en el que, dada la ignorancia del hombre, es posible la armonía entre el interés particular y el interés general. Es éste el concepto elaborado por Adam Smith en *Teoría de los sentimientos morales*, que más tarde se convirtió en la base de su más famosa obra: *Del origen de la riqueza de las naciones*.

Asimismo, el liberalismo impuso el principio de la libertad de conciencia, o sea la libertad religiosa que hoy reconoce la propia Iglesia Católica. En este sentido, el documento, citando la Encíclica *Redemptor Humanis*, de Juan Pablo II dice: "¿Por qué unos movimientos de liberación que han suscitado inmensas esperanzas terminan en regímenes para los que la libertad de los ciudadanos, empezando por la primera de las libertades, que es la libertad religiosa, constituyen el primer enemigo?".

El tercer principio aportado por el liberalismo es la concepción del gobierno como un instrumento de la sociedad, para la defensa de los derechos individuales. Es a partir de este principio, que significa, como dijo James Madison, que el gobierno es una administración de hombres, que se determinó la necesidad de la limitación del poder político. O sea, el poder de los hombres que forman el gobierno.

La integración de estos tres principios constituye la piedra angular del estadio alcanzado por la civilización occidental. La relación del hombre con Dios está en el ámbito de la conciencia y ésta es privativa del ser humano individual. En este sentido, el liberalismo no es ni ateo ni confesional sino que, consciente de la necesidad de trascendencia del hombre y precisamente en honor a su libertad, le reconoce este ámbito en su conciencia como un derecho inalienable. El segundo es que el reconocimiento de la naturaleza falible del hombre pretende utilizar, como dijera Adam Smith, la vanidad con un objetivo apropiado.

Es por ello que concibe al hombre en la sociedad actuando en su propio beneficio pero sujeto a normas de conducta de carácter general como forma de armonizar los intereses particulares con los del conjunto; por último la limitación del poder político, que es la garantía de los derechos individuales, y que se sustenta precisamente en que no existe una diferencia ética a priori entre los gobernantes y los gobernados.

b) Paraíso en la Tierra

Es verdad que el Siglo de las Luces, tal como lo señala el documento de la Iglesia, prometió un paraíso en la Tierra, y el racionalismo tuvo la pretensión de sustituir a Dios. Pero fue ese mal llamado liberalismo el que aún en su versión original, que fuera el jacobinismo de la Revolución Francesa, hubo de derivar tal como era previsible del pensamiento de Rousseau, en el totalitarismo de la Convención. Ahí vemos cómo individualismo y colectivismo se consustanciaron en un instrumento que a través de la guillotina hubo de cercenar todas las libertades individuales y, particularmente, la religiosa.

Fue precisamente ese pensamiento el que más tarde deviniera en sus aparentes opuestos a través de Hegel y Marx para producir los totalitarismos de que tiene conocimiento la historia: el nazismo (nacional socialismo), el fascismo y el comunismo. El progreso de Occidente surgió por lo contrario de la visión liberal que, a falta de una denominación mejor, podemos llamar anglosajona; y hoy el mundo occidental, al cual pertenecen países tan orientales como Japón, disfrutan de una libertad y un bienestar desconocidos o más bien inconcebibles en otras épocas.

3. Solicitudo Rei Socialis

a) Visión pesimista

El más somero análisis de la *Solicitudo Rei Socialis* muestra que no es una visión optimista de nuestro tiempo. Es más, en la misma, otra vez se adopta la posición de Bertrand Russell sobre la inmoralidad o el triunfo permanente del pecado por sobre nuestros logros intelectuales.

Si bien parecen exaltarse la libertad y la democracia, no encuentra ejemplo alguno a su alrededor que se acerque a ese ideal. Ni siquiera alguna referencia que acepte un mejoramiento respecto de épocas pretéritas o sociedades que hayan logrado mejores resultados que otras. Es a partir de esta visión pesimista que ignora hasta los matices, que la encíclica coloca en igualdad de condiciones al comunismo marxista (totalitario) y al capitalismo liberal (democrático).

Según se desprende del documento, el efecto de los pecados que consuman la mera existencia de estos dos sistemas es el subdesarrollo del denominado Tercer Mundo y la ampliación de la brecha entre el Norte y el Sur. Señala, asimismo, que ese subdesarrollo no es sólo económico, sino cultural y político, por lo que podría colegirse que existen un mundo o países en los cuales no hay subdesarrollo económico ni cultural ni político, aun cuando no se establecen las relaciones de causalidad o interrelaciones entre estos caracteres.

b) Pecados de los sistemas

En esta oportunidad parecería que la Iglesia considera que, más allá de los pecados de los hombres individualmente considerados, existen los pecados de los sistemas. Es éste el pecado universal determinante de la existencia del mundo del subdesarrollo. En consecuencia, sería necesaria entonces una modificación de dichos sistemas para alcanzar ciertos objetivos sociales que permitirían una felicidad individual, alcanzable en este mundo.

No obstante, la Iglesia, autocalificada sabia en la humanidad, se desvincula de cualquier propósito de construir una tercera opción entre el mundo capitalista liberal y el colectivismo comunista. Y señala: "...es necesario denunciar la existencia de unos mecanismos económico–financieros y sociales, los cuales, aunque manejados por la voluntad de los hombres, funcionan aunque de modo casi automático, haciendo más rígidas las situaciones de riquezas de los unos y de pobreza de los otros". De aquí se desprende claramente que, según el Papa Juan Pablo II, es la mecánica del mundo industrializado (particularmente las sociedades democráticas de Occidente) la que determina el subdesarrollo económico, político y cultural del Tercer Mundo.

c) Corrección radical

Más adelante, el Papa declara su posición equidistante del Este y del Oeste, y dice: "...la tensión entre Oriente y Occidente no reflejaba de por sí una oposición entre dos diversos grados de desarrollo, sino, más bien, entre dos concepciones del desarrollo mismo de los hombres y de los pueblos, de tal modo imperfectos que exigen una corrección radical".

Mas allá de lo que ha denominado equivalencia moral, el Papa considera que, por ejemplo, Rusia y los Estados Unidos se encuentran igualmente desarrollados. Asimismo como en la encíclica se define el desarrollo como excluyendo su carácter no sólo económico, sino político y cultural, debemos entender entonces que tales carac-

teres son iguales en ambos países y en ambos moralmente condena-
bles. Pero se me antoja que existe una contradicción en tal aserto,
pues, aun admitiendo que los resultados económicos fueran iguales,
las concepciones distintas de uno y de otro implican diferencias esenciales en sus respectivas políticas y culturas.

Si bien Juan Pablo II insiste en que la doctrina social de la Iglesia no es una tercera alternativa, es evidente que la misma idea de la
modificación de las estructuras "imperantes" del Este y del Oeste implica una tercera, cuarta o quinta supuesta opción, que si bien la
encíclica no define, al menos caracteriza con alguna pauta.

Esa pauta insiste en la doctrina de la redistribución que se sustenta en que los bienes y servicios habrían sido dados por Dios y no
producto de la acción de los hombres. Y este supuesto lo manifiesta
el Papa cuando dice: "Una paz que exige cada vez más el respeto rigu-
roso de la Justicia y, por consiguiente, la distribución equitativa de los
frutos del verdadero desarrollo", y más adelante señala: "La interdependencia debe convertirse en solidaridad, fundada en el principio
de que los bienes de la Creación están destinados a todos".

d) Grave error

Pero he aquí donde reside a mi juicio el error más grave de la
encíclica: su valoración de las causas que generan el desarrollo. En
primer lugar, los bienes no son de la Creación, sino producto del ingenio humano, como lo demuestra la historia universal, en el que el subdesarrollo era el carácter mismo de la humanidad en su conjunto.

Y ese ingenio humano, que produce el conocimiento y la consecuente tecnología que ha puesto de manifiesto más que nunca la relativa posibilidad de sustituir los denominados recursos naturales, se lleva a niveles de excelencia dentro de determinadas formas políticas
que responden a estructuras culturales que implican la aceptación de

una ética en la que prima la libertad individual como determinante y destinataria del bien común.

Es esa libertad, y particularmente la libertad religiosa, a la que el Papa se refiere como principal elemento en el concepto trascendente del desarrollo, la que no existe como tal ni en el comunismo colectivista ni en el denominado Tercer Mundo, que según Juan Pablo II busca su identidad a través del Movimiento de los No Alineados.

No puedo menos que recordar que esa misma apelación a la libertad religiosa de Juan Pablo II, y que no puedo menos que compartir, no fue por siglos el carácter de la Iglesia romana como tampoco de otras religiones.

Fue sólo por el ejercicio intelectual del liberalismo que se introdujo en la sociedad ese principio cuya ausencia había sido el carácter más atroz de la cultura político–religiosa que diera lugar no sólo a la Inquisición sino a las guerras religiosas que asolaron la humanidad.

Ese subdesarrollo ético, contrario a la prédica del propio Evangelio, fue el que impidió, en gran medida, el desarrollo económico, cultural y político que hoy, mal que lo reconozca la encíclica, es disfrutado en las democracias capitalistas liberales e ignorado por el mundo comunista y sus aprendices de colectivismo del Tercer Mundo.

Como bien señala John Locke en "Carta sobre la tolerancia", en todo momento se destaca la virtud del cristiano de dar su vida por Jesucristo, pero en ningún lugar se insta a perseguir o a matar a los que no creen.

e) Sabiduría en humanidad

Pero insisto en que la encíclica señala paladinamente la sabiduría de la Iglesia en humanidad, y me pregunto: ¿qué es lo que esto quiere decir? Es ella la que se atribuye, no muy humildemente, ser la depositaria de la tecnología para alcanzar la felicidad en este mundo y en el otro.

Si es la del otro, aceptando el decir evangélico que señala: "Mi Reino no es de este mundo", me abstengo, pues dada mi profunda convicción respecto del valor trascendente de la libertad religiosa o libertad de conciencia nada puedo discutir.

Pero si la sabiduría en humanidad se refiere a la felicidad en esta Tierra... no creo que en la historia de los logros éticos sociales, tanto en el plano de la economía como en la expresión misma del desarrollo del conocimiento, pueda la Iglesia obtener históricamente un *magna cum laude*.

Es en ese sentido que, más allá de las repetidas invocaciones sobre que la doctrina social de la Iglesia no es una tercera vía, yo me permito ponerlo en duda. Criticar los sistemas sin reconocer siquiera sus más leves contribuciones al mejoramiento humano, como podría notar cualquiera que desde su tumba en el siglo pasado pudiera visitarnos hoy, implica no una preocupación sino una irresponsabilidad.

Dice la encíclica: "La Doctrina Social de la Iglesia no es, pues, una tercera vía entre el capitalismo liberal y el colectivismo marxista, y ni siquiera una posible alternativa a otras soluciones menos contrapuestas radicalmente, sino que tiene una categoría propia".

Desde otro punto de vista, la insistencia de la opción por los pobres sigue siendo una contradicción en la medida en que no se los provea de los medios para impedir el que lo sigan siendo. Lamentablemente, y más allá de ciertas aseveraciones, que son falsas, como la aceptación marxista de que cada vez hay más pobres y los ricos se enriquecen más, lo cierto es que las pocas recomendaciones concretas contribuyen más a hacer más pobres que a que éstos dejen de serlo por las vías hoy conocidas.

Y éstas no fueron descubiertas por la Iglesia sino, mal que les pese y con todas sus imperfecciones como obra humana, por el capitalismo liberal.

4. El triunfo del capitalismo

Gracias a los buenos oficios de mi amigo Carlos Floria he podido tener a la vista el discurso del Papa en México publicado íntegramente por *L'Osservatore Romano*. Esto me permite la posibilidad de analizar las palabras del Sumo Pontífice sin dar lugar a discusiones sobre lo que dijo o no dijo en dicha alocución. Es posible, por supuesto, que las mismas palabras sean valuadas de forma diferente por los distintos lectores, y estas observaciones que siguen son mis apreciaciones a la luz de lo que considero la doctrina liberal y su desarrollo histórico.

Es indudable que la parte más controversial del discurso en cuestión es la que se refiere a su valoración sobre los acontecimientos en Europa Oriental, no obstante que otras partes del mismo pueden ser tanto o más discutibles que ésta. Dice el Papa:

> "Los acontecimientos de la historia reciente a que antes aludí han sido interpretados a veces de modo superficial, como el triunfo o el fracaso de un sistema sobre otro: en definitiva como el triunfo del sistema capitalista liberal. Determinados intereses quisieran llevar el análisis al extremo de presentar el sistema que consideran vencedor como el único camino para nuestro mundo basándose en los reveses que ha sufrido el socialismo real, y rehuyendo el juicio crítico necesario sobre los efectos que el capitalismo liberal ha producido, por lo menos hasta el presente, en los países llamados del Tercer Mundo".

Me voy a permitir, entonces, sacar las conclusiones que se derivan del aserto anterior. Es evidente que el Papa considera: 1) que el fracaso del socialismo (real) no implica el triunfo del capitalismo liberal; 2) que sólo intereses espurios pueden considerar que el capitalismo liberal es la única alternativa para el mundo; 3) que, por consiguiente, debe existir alguna otra alternativa que no es ni el socialismo ni el capitalismo liberal, aun cuando insiste en que la Doctrina Social de la Iglesia se abstiene de autoconsiderarse como la explicitación de esa tercera posición; 4) que la pobreza y la opresión existentes en los países del Tercer Mundo (hasta la fecha) son resultado del fracaso del capitalismo liberal en estas áreas del mundo.

Voy entonces, por el momento, a limitarme a discutir las cuatro proposiciones anteriores. Después de la desaparición de los imperios que respondían a la Santa Alianza y al conservadorismo autocrático en la Gran Guerra (1914) y la derrota del nazifascismo en la Segunda Guerra Mundial (1939) quedaron sólo dos doctrinas en el mundo: el comunismo (socialismo) y el capitalismo liberal. Más allá de sus diferentes concepciones económicas ellas responden a dos fundamentos distintos sobre la ética, sobre el papel de la razón y particularmente sobre la naturaleza del hombre.

El fracaso del sistema comunista con la caída del Muro de Berlín trasciende el aspecto económico. En su raíz se encuentran los elementos liminares del capitalismo liberal que no son otros que la libertad y los derechos individuales como expresión manifiesta del concepto de justicia. En fin, lo que las comunicaciones, como las nuevas trompetas de Jericó, al derribar el Muro de Berlín, dejaron traslucir que la pobreza había sido contrapartida de la falta de libertad y de la opresión. O sea que la utopía del socialismo como distribuidor equitativo de la riqueza había logrado lo que Popper expresó: que la pretendida igualdad había hecho perder la libertad y después tampoco hubo igualdad entre los no libres.

En tal sentido, no hay duda de que el fracaso del presupuesto ético–racionalista significa el triunfo de los presupuestos de la ética liberal que se sustenta precisamente en la limitación del poder político como garantía de la libertad. Y ésta es la que promueve a partir de la propiedad privada lo que Adam Smith pronosticó como la riqueza de las naciones. Entonces hay que distinguir entre la ética de los sistemas y la ética individual. Desde ese punto de vista un sistema será tanto más moral cuanto más impida la violación de la norma jurídica.

Frente a esa realidad el triunfo definitivo del capitalismo liberal es indiscutible y no responde en modo alguno a que haya quienes estén interesados en que así se comprenda. En otras palabras, el hecho de que los empresarios tengan un interés definido en preferir el sistema que garantiza la propiedad privada como sustrato de la justicia, no significa que esa observación se deba a que de ella se deriven beneficios para ellos. La realidad es que ha sido en el sistema liberal capitalista donde los que menos tienen viven mejor. Aun la existencia de sindicatos que defienden los derechos de los trabajadores fue un resultado del proceso evolutivo del sistema capitalista liberal, el primero que con los escritos de Locke fundamentó la propiedad privada en el trabajo.

Ahora bien, si los principios que rigen el sistema liberal capitalista no son la única alternativa para el bienestar moral y material de la sociedad, entonces la Iglesia tendrá la obligación de decir cuál es esa alternativa. Pero veamos cuáles son esos principios: a) la noción de la falibilidad del hombre, que es predicada por el propio Evangelio; b) la razón como instrumento para conocer la naturaleza del hombre y sus motivaciones y no para eliminarla. "Ama a tu prójimo como a ti mismo" significa el reconocimiento del amor propio al que el pensamiento anglosajón denominó prudencia; c) la necesidad de la limitación del poder político como garantía de los derechos individuales hoy reconocidos como derechos humanos. La realidad es que tales derechos sólo comenzaron a tener vigencia sobre el planeta a partir del advenimiento del capitalismo liberal. En ese sentido la propiedad privada tiene un fundamento ético–político que trasciende su función económica y es desde ese punto de vista que se puede sostener su función social; d) la libertad de conciencia y su contrapartida, la libertad de cultos. Es decir, la separación de la necesidad de trascendencia del ser humano respecto del quehacer político. Fue éste un hito en la historia de la humanidad que la liberó del fanatismo religioso y del absolutismo político que había olvidado el mandato de dar al César lo que es del César y a Dios lo que es de Dios; e) la libertad de prensa como representante de la libertad de pensamiento, facultad que es el carácter mismo de la humanidad frente al resto de los animales. Más aún como control de la sociedad sobre el poder político que siempre es ejercido por hombres en quienes concurren las mismas fallas humanas; f) por último, pero no menos importante pues es una parte sustancial del quehacer del hombre, la libertad económica. Es decir, la presencia insustituible del mercado para lograr la mejor asignación de los recursos pues la riqueza no existe sino que se crea y ésta fue igualmente la gran transformación que logró el sistema capitalista liberal: la economía dejó de ser un juego de suma cero. Esto no significa que aun en ellos el mal haya sido desalojado de la Tierra. Pero fue también Cristo quien dijo claramente: "Mi Reino no es de este mundo". Y en ese sentido me permito preguntarle al Papa si eran estos principios los que informaban la cultura de la Edad Media cuando la Iglesia tenía poder político absoluto. ¿Lo fue acaso de las iglesias que surgieron del denominado cisma de Occidente? ¿Es acaso que tales principios reinan en los países del Tercer Mundo, incluida América Latina, y que a pesar de ellos se observan las desigualdades económicas y la pobreza que señala Juan Pablo II?

Yo me permitiría decirle al Sumo Pontífice que, por el contrario, el Tercer Mundo es un mosaico de Edad Media inmerso en el siglo XX y cada vez más lejos del siglo XXI. Si la riqueza nos lleva al materialismo y tal es la concepción de la Iglesia, entonces el mensaje debería cambiarse. Así el Papa dice también en el discurso: "Pero no es menos cierto que puede acecharnos un grave peligro; el afán de ganancia exclusiva unida normalmente a la sed de poder a cualquier precio. Cuando se sucumbe ante esa tentación aparece un materialismo craso...". Pero sucede que la sed de poder a cualquier precio no proviene como se pretende de la pretensión de ganancias sino que aquélla apareció en el mundo mucho antes que el sistema liberal capitalista. Era ella la que sustentaba el poder absoluto de los reyes, las luchas por el poder político, las guerras y las guerras religiosas y el desprecio por la producción y por el intercambio que fueron los fundamentos de la sociedad democrática que sólo ha tenido buen éxito donde se ha limitado al poder político.

De las palabras del Papa surgen dos presupuestos que de hecho significan la descalificación *a priori* del sistema capitalista liberal, particularmente en su aspecto económico. Repitiendo mal que pese a

Rousseau en su ensayo. *Discurso sobre el origen de la desigualdad entre los hombres*, el Papa dice: "El Creador, por su parte, ha destinado el conjunto de los bienes de la Creación para beneficio de todos los hombres como bellamente nos enseñan la Revelación y la tradición cristiana. De ahí resulta que el acaparamiento excesivo de los bienes por parte de algunos priva de ellos a la mayoría, y así se amasa una riqueza generadora de pobreza. Es este principio que se aplica igualmente a la comunidad internacional". A estas alturas del partido ya deberíamos haber aprendido que las riquezas, como antes dije, no nos son dadas por la naturaleza sino creadas fundamentalmente por el avance del conocimiento y por la tecnología. De aquí que la inseguridad de la propiedad privada en función de una supuesta equidad distributiva elimina el incentivo más importante al incremento de la producción que es el requisito *sine qua non* del mejoramiento del bienestar de la población en su conjunto. El Papa parece sostener nuevamente que la pobreza de algunos se debe a la acumulación de riqueza de otros, inclusive en el plano internacional. O sea que los países subdesarrollados serían la fuente del desarrollo de los países industriales y esta ética para bien o para mal no corresponde a la realidad que estamos viviendo. Hemos visto cómo los países comunistas, apartados del comercio internacional y prohibida toda inversión de capital foráneo por más de 40 años, han mostrado el crecimiento de esa pobreza degradante a la que se refiere igualmente el Papa al final de su discurso.

De la misma manera, el Papa descalifica la esencia misma del empresario pretendiendo en él motivaciones que de alguna manera lo trascienden y que de existir serían precisamente la justificación para mantener a la empresa (o los medios de producción) en poder del Estado. Así dice Juan Pablo II: "Conviene recordar que el progreso en la sociedad debe estar orientado al bien común de todos los ciudadanos, es decir evitando la tentación de convertir la comunidad nacional en una realidad al servicio de los intereses particulares de la empresa". Aquí nuevamente el Papa rescata el principio rousseauniano sostenido más tarde por Hegel de la incompatibilidad de los intereses particulares con el bien común (intereses generales). Pero he aquí que el sistema capitalista liberal fue el que a través de la distribución del poder y la competencia (libertad de mercados) ha logrado armonizar los intereses particulares con el interés general y ahí están para demostrarlo los países industrializados y particularmente los Estados Unidos.

En este aspecto sigue el Papa diciendo: "La cultura del consumo tiene su origen en intereses económicos del mundo empresarial o de las finanzas". Es decir que parece que la Iglesia proclama un sistema en que el consumo sea controlado políticamente, pues no veo otra forma de lograr que se restrinjan las crecientes apetencias de los hombres. Y ¿cuál sería el poder político necesario de algunos hombres para restringir el nivel de consumo de otros que no resulte de un aparato estatal opresivo como el que hoy se derrumba detrás del Muro de Berlín? Allí no había necesidad de restringir el consumo; la producción magra e ineficiente se encargaba de ello.

Por último, el Papa insiste en que el empresario debe tener como mira el bien común y dice: "Por el contrario, lo que ha de caracterizar al hombre de empresa es la apertura ideal a las justas exigencias del bien común". Tal como destaqué antes, si así fuera el caso ni hablemos de privatizar; el Estado como representante de esa ética de un bien común concebido y delineado *a priori* sería el encargado de dirigir las empresas. El problema es que ése es el sistema que se derrumbó en Europa Oriental y que no deja crecer al Tercer Mundo.

5. De Erasmo a Juan Pablo II

En 1546, el Concilio de Trento declaró anatema la versión del Nuevo Testamento de Erasmo de Rotterdam. En el centenario de la *Rerum Novarum*, el papa Juan Pablo II entroniza nuevamente a la Iglesia en el camino erasmiano de la ética y la tolerancia. De esa manera rescata la clarividencia de León XIII sobre los efectos del socialismo. Entonces y sin ninguna experiencia del sistema comunista, el Pontífice pronosticó refiriéndose al socialismo:

"Pero además de las injusticias, se deja ver con demasiada claridad cuál sería la perturbación y el trastorno de todos los órdenes, cuán dura y odiosa la opresión de los ciudadanos que había de seguirse. Se abriría de par en par la puerta a las mutuas envidias, a la maledicencia y a las discordias quitado el estímulo al ingenio y a la habilidad de los individuos, necesariamente vendrían a secarse, las mismas fuentes de la riqueza, y esa igualdad con que sueñan no sería ciertamente otra cosa que una general situación, por igual miserable y abyecta de todos los hombres sin excepción alguna".

Juan Pablo II tuvo la oportunidad de vivir en carne propia la predicción de León XIII. En su *Centesimus Annus*, el Papa por una parte rescata a la Iglesia del ultramontanismo del "Syllabus" de Pío IX, y por otra la separa definitivamente del rumbo socialistoide que tomara con la *Populorum Progressio* de Pablo VI y más tarde con los *Documentos de Puebla*. Refiriéndose al capitalismo, Juan Pablo II valoriza nuevamente la función de la propiedad privada y del mercado dentro de un sistema jurídico. Así dice el Papa: "Si por capitalismo se entiende un sistema económico que reconoce el papel fundamental y positivo de la empresa, del mercado, de la propiedad privada y de la consiguiente responsabilidad por los medios de producción de la libre creatividad humana en el sector de la economía, la respuesta es ciertamente positiva... Pero si por capitalismo se entiende un sistema en el cual la libertad en el ámbito económico no está encuadrada en un válido contexto jurídico que la ponga al servicio de la libertad humana integral y la considere como una particular dimensión de la misma como centro ético y religioso, entonces la respuesta es absolutamente negativa".

Semántica aparte, pues capitalismo fue el nombre que dio Marx al sistema de propiedad privada con posterioridad a la revolución industrial, esa cosmovisión ética de la existencia que incluye lo religioso es la historia del pensamiento liberal que diera luz a la República democrática sustentada en la división de los poderes. Lamentablemente el racionalismo iluminista plagado de jacobinismo y ateísmo oscureció con sangre y oprobio los principios liberales que tuvieron su sustento ético más profundo en el propio Evangelio. No fue de otra fuente que surgió el reconocimiento de la falibilidad de la naturaleza humana, "el justo peca siete veces"; la consecuente tolerancia, "el que esté libre de pecado que arroje la primera piedra", y así como la separación de la Iglesia y del Estado, "dar al César lo que es del César y a Dios lo que es de Dios". Es en función de estas verdades que se descubrió que la libertad del hombre residía en la limitación del poder político y así surgió la doctrina de la división de los poderes en el *Segundo tratado sobre gobierno civil* de John Locke.

a) JOHN LOCKE Y ADAM SMITH

Fue el mismo John Locke quien en 1688 en su Carta sobre la tolerancia estableció el principio ético erasmiano que hoy el Papa rescata frente al fundamentalismo religioso. Decía Locke: "El objetivo de la verdadera religión es uno muy diferente; no ha sido instituido para erigir una pompa externa, ni para obtener privilegios eclesiásticos, ni para el ejercicio de una fuerza compulsiva sino para la regulación de la vida de los hombres de acuerdo a las reglas de la virtud y de la piedad". Y ya había dicho el propio Adam Smith que el fanatismo religioso era la peor de las corrupciones porque era la corrupción del alma.

Igualmente fue a partir del pensamiento liberal que se revalorizó la acción y la participación del hombre común en la sociedad. John Locke fue el primero que fundamentó la justicia de la propiedad privada en el trabajo, y Adam Smith destaca en *Del origen de la riqueza de las naciones*: "El trabajo anual de cada nación es el fondo que originalmente la suple de todas las necesidades y conveniencias de la vida que anualmente consume". El comercio y consiguientemente los comerciantes son de la misma manera revalorizados como fundamento de la riqueza de las naciones. Este pensamiento decididamente revolucionario contrasta con la sociedad aristocrática y eminentemente militarista en que la guerra todavía al decir de Hegel era el objeto de los Estados. Si se quiere la paz como proclama el Papa, el comercio es la dinámica que evita la guerra al fomentar la interdependencia de las naciones. El liberalismo político como defensa de los derechos individuales de los ciudadanos y el liberalismo económico como patrocinador del intercambio son los elementos de la paz y la propia naturaleza del desarrollo.

El juicio de que es el trabajo de los obreros el que produce la riqueza de los Estados que viene de la *Rerum Novarum*, escapa a la realidad del reconocimiento del valor del trabajo. Somos muchos los que trabajamos y que no somos obreros y si bien el trabajo de estos últimos es importante no es realmente determinante de la riqueza de los Estados. Existen obreros en todas las sociedades capitalistas liberales donde el trabajo de éstos es más productivo y por consiguiente viven mejor.

b) Visión ética de la existencia

El Papa reconoce asimismo la necesidad de la armonización de los intereses individuales con el interés general y es precisamente el pensamiento liberal el que dio cabida axiológica al interés particular. La noción de que éstos deben ser limitados en función de un interés general cognoscible *a priori* ha sido la fuente de la ética racionalista del totalitarismo. En ese sentido, Juan Pablo II dice: "De hecho donde el interés individual es suprimido violentamente, queda sustituido por un oneroso y opresivo sistema de control burocrático que esteriliza toda iniciativa y creatividad". La realidad es que esa máquina opresora compuesta de hombres igualmente falibles termina por usar el poder político que se deriva de esa falacia ética hegeliana para satisfacer sus intereses particulares en detrimento de los derechos de los ciudadanos.

En síntesis, podría decir que en la medida en que la Iglesia se acerca a Erasmo, el liberalismo y la Iglesia se encuentran en lo que constituye su fuente fundamental que es la visión ética de la existencia. Es a la praxis conforme a esta ética erasmiana compartida a la que ha contribuido el pensamiento liberal que hoy se impone a la luz de los resultados manifiestos de las sociedades que lo sustentan más allá de los recurrentes errores de los hombres. Como bien dijo Juan Pablo II, todas las ideologías que han intentado construir un cielo en la tierra, no han hecho otra cosa que producir opresión y dolor. Veamos al siglo XXI con el mismo optimismo que Juan Pablo II en este centenario de la *Rerum Novarum* en la medida en que Iglesia y liberalismo abandonan su antagonismo equívoco para lograr la cooperación fructífera.

IX. HEGEL Y MARX: UNA FALSA ALTERNATIVA

1. Introducción

No creo que sea posible sobreestimar la importancia que los escritos de Hegel y Marx han tenido en la situación política presente. Es indudable que el mundo contemporáneo habría sido muy diferente de no haber existido estos dos exégetas de la historia. El léxico político ha asimilado al primero como la expresión prístina de la derecha y de la reacción, en tanto que el segundo representa a la izquierda y su pensamiento se ha adueñado de las mentes que aún creen combatirlo. Mi propósito pues es analizar el pensamiento de ambos a fin de determinar el alcance de la aparente oposición entre el reaccionario de Stuttgart y el revolucionario de Treves.

El análisis en cuestión se referirá, en primer término, a aquellos aspectos trascendentes de la filosofía de ambos y cuya relevancia política como asunto en sí es innegable, independientemente de la validez de los respectivos postulados. Estos aspectos fundamentales son: a) la filosofía de la historia, b) la teoría del Estado, y c) la teoría de la alienación o la tensión del hombre entre lo universal y lo particular. En segundo lugar se tratará de exponer la síntesis del pensamiento de Hegel y Marx, frente a la concepción liberal en su versión anglosajona. Éste es el apartado que he denominado, aunque parezca paradojal, "El racionalismo frente a la razón".

Este esfuerzo intelectual que considero trasciende mis modestas facultades filosóficas, pretende ignorar las condiciones personales que pudieran influir o determinar el pensamiento de ambos autores. Es decir, que en absoluto se juzga la conducta de los mismos sino tan sólo, como antes dije, la validez de sus asertos. Lo contrario sería caer en la misma trampa que ellos mismos crearan para sus opositores al postular que quien no compartía sus puntos de vista, de alguna manera no había sido capaz de tomar conciencia de la validez de los mismos por estar influenciado por las circunstancias de su tiempo.

2. La filosofía de la historia

a) Hegel

Fue Hegel quien señaló que Descartes había tenido la virtud de parar al hombre sobre su cabeza. La razón pues toma en Hegel el lugar de Dios, o más bien se confunde con él en lo que podríamos denominar logoteísmo. Ese logoteísmo no es simbiótico sino esencial e incluye de la misma forma la existencia misma del universo y del hombre. Descartes, a partir de su optimismo epistemológico, que se expresa en el *cogito ergio sum*, no había tomado conciencia de que era posible cerrar la brecha entre el conocer y el ser. No como un proceso cognoscitivo, sino por la evolución misma de la realidad cuya naturaleza dificilista participa a la vez de la existencia y del conocimiento.

Es Hegel quien en una intuición magnífica arranca de la historia su secreto; Dios es la manifestación de la razón en la historia y todo proceso histórico es por tanto racional. El idealismo alemán toma así en Hegel su más alta dimensión a través de la dialéctica pretendiendo cerrar definitivamente la brecha entre la razón y la realidad, entre el conocer y el ser. La existencia es pues a la vez objetiva e ideal;

todo lo real es racional. Este salto cuántico de la dialéctica alcanza el absoluto a través del espíritu, que no es otra cosa que la conciencia de la eticidad. Ya la duda cartesiana ha desaparecido; Hegel ha seguido los principios del discurso del método para alcanzar la verdad. Esa verdad que es la divina idea tal como se manifiesta en la Tierra a través de la razón dialéctica.

El proceso dialéctico así pertrechado de la eticidad divina es inexpugnable a la crítica. Las contradicciones son sólo las formas en que se manifiesta la idea. La evolución histórica de los Estados en su lucha por la supremacía, ya que no por la supervivencia, constituye el espíritu de la razón dialéctica en su progreso infinito al reino de la libertad. Ese proceso que se inicia según Hegel en el despotismo oriental, donde uno es libre, sigue en las democracias griegas y romanas, donde algunos son libres a costa de los esclavos, y llega a la perfección en la monarquía prusiana, donde la voluntad general integrada en el monarca permite y patenta la libertad de todos.

En esta eticidad de la propia dialéctica, Hegel reconoce en el gran hombre aquel que por una intuición magnífica ha podido interpretar el sentido de su tiempo. Es decir, el hombre de acción devela aquello que estaba escrito. La lucha pues es la naturaleza misma, y las críticas de aquellos que ignoran el papel de los grandes hombres no tienen virtualidad, pues es el intento sombrío de la pequeñez de la particularidad enfrentada al curso de lo universal.

En esta concepción la justicia tiene una naturaleza universal que ignora lo que Hegel considera la posibilidad de pequeñas injusticias pero que son en el fondo prejuicios moralistas de quienes en su pequeñez e ignorancia no se han elevado hasta alcanzar el sentido mismo de la universalidad. Tal es el caso de Cicerón y sus escritos que revelan la incapacidad de éste de comprender la grandeza de la intuición de César, quien al cruzar el Rubicón comete, según Hegel, el pecado imposible de matar a la República que ya estaba muerta.

El juicio de la historia, es decir el triunfo, es el único concepto válido de justicia y, por tanto, la libertad individual en este contexto implica la conciencia de su integración en lo universal. El propio

Hegel, en un juicio que casi podríamos considerar ingenuo, señala en su *Introducción a la filosofía de la historia* que los Estados que no han participado de este comportamiento de hecho no son tales, y por tanto pueden ser descartados a los efectos del estudio de la historia universal.

b) Marx

En carta a su padre en sus tiempos de estudiante en 1835, Marx da señales de la profunda influencia que el estudio de la filosofía hegeliana había tenido en él y dice: "Particularmente aquí yo estaba grandemente disturbado por el conflicto entre lo que es y lo que debe ser, un conflicto peculiar al idealismo", y un párrafo más adelante continúa: "Por otra parte en la expresión concreta del mundo viviente del pensamiento –tales como en derecho el Estado, la naturaleza, la filosofía en su conjunto– el objetivo en sí mismo debe ser estudiado en su desarrollo, no debe haber ninguna clasificación arbitraria; la racionalidad de la cosa misma debe ser develada en todas sus contradicciones y encontrar su unidad en sí misma".

En estos párrafos podemos encontrar ya la atracción de la dialéctica como método de conocimiento, aun cuando en esa misma carta Marx expresa su profundo descontento con lo que considera la dimensión parcial de la filosofía hegeliana. Tal cual postulara más tarde Engels, para combatir a Hegel era necesario hacerlo desde adentro. Por consiguiente, la dialéctica era el arma mortífera que podría dar vuelta al filósofo de la Universidad de Berlín, y convertir su conservadorismo y supuesto apoyo al *statu quo* en una filosofía revolucionaria, cuyo objetivo era destrozar el sistema socio–político existente. La dialéctica se definía entonces: "Todo lo racional es real".

Marx cree con Hegel que el mundo es la historia del mundo y comparte con aquél la función de las contradicciones en la evolución de la dialéctica. Ahora bien, Hegel ha interpretado equivocadamente el proceso histórico, pues éste no es más que la dinámica de la lucha de clases. El Estado no es más que la expresión de las contradicciones internas que determinan la necesidad de un aparato represivo que imponga la voluntad de los intereses de la clase dominante. Ya en el proceso capitalista la voluntad de la clase burguesa explotadora sobre el proletariado explotado.

La revolución es, pues, la necesidad histórica que viene a sustituir a la idea como manifestación del espíritu absoluto de la deidad en el proceso histórico. La filosofía para Marx hasta ese momento se había ocupado de describir la realidad y había llegado el momento de que se ocupara de reformarla. He aquí el paso que ya había anunciado en la carta comentada. El proceso progresivo de la historia debía corresponder al deber ser que transformaría la realidad existente. El idealismo parcial había intentado vanamente englobar la realidad en la filosofía en su aparente cierre de la brecha entre el logos y el ser. El materialismo era, pues, la antítesis del idealismo como método, es decir que éste representaba el progreso a la existencia como tal con el fin de modificarla.

Pero para Marx este proceso de modificación de la realidad existente no era un acto volitivo, sino la descripción del hecho de la necesidad histórica de avanzar hacia un nuevo estadio superior de convivencia humana. La revolución proletaria era pues el resultado necesario e inminente del proceso capitalista, por lo que la ética igualmente se abstraía de lo particular para reflejar un deber ser histórico, que habría de ejercitar la dictadura del proletariado.

Mientras Hegel en sus explicitaciones del proceso histórico se abstiene de predecir el futuro y sólo juzga el hecho de la victoria histórica alcanzada por la monarquía prusiana, percibe sin embargo que la dialéctica habrá de continuar su proceso aun cuando sea imposible predecir el próximo estadio histórico. Marx, por el contrario, justifica el quehacer revolucionario no como un paso en el perfeccionamiento social, sino como el escalafón final por el cual se habrá de alcanzar el nirvana de la sociedad.

El proletariado como representante de la sociedad en su conjunto habrá de producir la última lucha de clases, pues con su triunfo habrían quedado eliminadas las clases históricas. Las contradicciones desaparecerían, y por lo tanto la dinámica social nos llevaría al paraíso terrenal que habría de señalar el fin de la historia y el reino de la libertad, donde se habría suprimido la escasez.

El materialismo había así sustituido al idealismo en el proceso dialéctico y su triunfo significaba asimismo la eliminación de la dialéctica como forma de evolución de la realidad, y podría quedar como sistema de conocimiento. ¿Podría entonces avanzar el conocimiento sin que avanzara la realidad? ¿Parecería que ésta constituiría una contradicción entre el logos y el ser? ¿Qué es un logos que no tuviera por función la de cambiar el ser para conformarlo al deber ser histórico, una vez alcanzado el fin de la historia? En consecuencia, el fin de la historia de la filosofía marxista tendría pues que representar el logos absoluto, o sea la verdad absoluta. La historia ya había dejado de tener un significado para ser un mero estar siendo, cuya plenitud ya no sería posible de ser superada.

Del espíritu absoluto que se desenvuelve en un eterno devenir histórico se pasa así a un absoluto histórico que elimina el devenir. El principio heracliteano del cambio se habría de detener y del cambio absoluto Marx nos retorna al platonismo original, donde todo cambio implica una decadencia a partir del triunfo del proletariado.

Marx opone la Verdad con mayúscula a la verdad hegeliana, y tanto en uno como en el otro caso el triunfo del proceso justifica y explica su realidad y por consiguiente la razón de ser de la propia existencia. Toda contemporización entre estas dos posiciones implica una traición, una ruptura con la realidad, y en ambos el supuesto proceso racional se convierte en el dogma mismo del proceso.

Quién puede prever siquiera la posibilidad de una sociedad plural en un esquema en el que alguien, "el espíritu absoluto" o "la necesidad histórica", despliega la verdad unívoca del proceso social y al mismo tiempo su propio deber ser. El idealismo, tal como expone Marx, se engaña a sí mismo al presuponer un *a priori* del logos que explica y envuelve la realidad, cuando lo cierto es que ésta conforma al pensamiento para justificar su propia existencia. El materialismo dialéctico opone el absoluto predominio del proceso del logos sobre la existencia para cambiar la realidad y alcanzar el absoluto. La convivencia es imposible, la muerte es la única posibilidad para el derrotado en el devenir histórico, el conocimiento ha sido alcanzado tanto en un caso como en el otro, la crítica vuelve a ser un prejuicio de almas pequeñas incapaces de tomar conciencia de la verdad manifiesta.

3. La teoría del Estado

a) Hegel

En su *Filosofía del derecho*, en la tercera parte que corresponde a la eticidad, Hegel dedica la sección tercera a explicitar lo que se puede considerar su "teoría del Estado" y allí comienza diciendo:

> "El Estado es la realidad de la idea ética; es el espíritu ético en cuanto voluntad patente, clara para sí misma, sustancial que se piensa y se sabe, y que cumple lo que él sabe. En lo ético, el Estado tiene su existencia inmediata y en la conciencia de sí del individuo, en su conocer y actividad tiene su existencia mediata, y esta conciencia de sí por medio de los sentimientos, tiene su libertad sustancial en él, como su esencia, fin y producto de su actividad... El Estado, como la realidad de la voluntad sustancial que posee en la conciencia de sí, individualidad es lo racional en sí y para sí.
>
> Esta actitud sustancial como absoluto o inmóvil fin de sí misma, es donde la libertad alcanza la plenitud de sus derechos, así como este fin último tiene el más alto derecho frente a los individuos, cuyo deber supremo es el de ser miembros del Estado".

En los párrafos anteriores podemos encontrar la síntesis hegeliana de la naturaleza del Estado, donde nuevamente se confunden razón y ser, conocimiento y realidad, objetividad y subjetividad como manifestación expresa del despliegue de la voluntad divina contenida en la historia.

En su concepto del Estado, Hegel entraña el conocimiento absoluto cuando expresa "que se piensa y se sabe". Así el espíritu absoluto se incorpora al pensamiento rousseauniano de la voluntad general a quien el filósofo alemán rinde especial tributo. Así dice que la voluntad general es la expresión del pensamiento. Seguidamente discrepa con aquél para distinguir entre la voluntad universal y la voluntad colectiva, entendiendo que sólo la primera constituye la voluntad general en sí. La voluntad colectiva, por el contrario, expresaría la voluntad individual consciente que es la manifestación de un capricho, y su consentimiento libre implicaría la destrucción de lo divino así como la majestad del Estado.

Hegel asimismo señala que el interés particular no debe ser dejado de lado sino puesto en armonía con lo universal. El problema es quién determina lo universal para lograr una armonización que no surge de la esencia de las cosas, sino que es el resultado de la voluntad. Como ya había expresado el propio Rousseau en su *Contrato Social*, el interés particular tiende a la parcialidad, en tanto que el interés general tiende a la igualdad, lo que puede parecer fácilmente una tautología. Ahora bien, el problema sigue siendo que no obstante las reflexiones de Rousseau sobre la soberanía como expresión de la voluntad general, siempre existe una voluntad particular que representa o expresa la voluntad general.

Esta necesidad esencial es tomada por Hegel insistiendo primero en que: "El Estado es voluntad divina como espíritu presente y que se despliega en la forma real en la organización del mundo". Y cuál es la organización del mundo si no es la subjetividad expresada en la voluntad del soberano como expresión última de la "voluntad general". Explícitamente Hegel reniega de la división de poderes como sistema de frenos y contrapesos, lo que considera como hostilidad y temor, y por el contrario encuentra en "la Constitución del Estado una división funcional de los poderes pero no limitativa". Seguidamente, en el párrafo 273 Hegel dice lo siguiente:

"El Estado político se divide en tres diferencias sustanciales:

a) El Poder Legislativo como el poder de determinar y de instituir lo universal.

b) El poder gubernativo, al que concierne la subsunción bajo lo universal de las esferas particulares y de las cosas singulares.

c) El poder del Soberano, que representa el poder de la subjetividad como última decisión de la voluntad, en el cual los distintos poderes son reunidos en una unidad individual que es la culminación y fundamento de la totalidad –es decir en la monarquía constitucional."

La dialéctica aquí como requiebro del pensamiento da un paso final para subsumir la racionalidad en la realidad misma del poder del soberano y así el monarca (uno) expresa en su subjetividad trascendente la supuesta voluntad general como expresión de la divina idea. El absoluto del conocimiento se subsume en el absoluto del poder y el resultado es que la libertad no es más que el derecho a obedecer.

Y nos dice Hegel:

"El poder del soberano encierra en sí los tres momentos de la totalidad la universalidad de la Constitución y de las leyes; la deliberación como relación de lo particular con lo universal; y el momento de la decisión final como autodeterminación a la cual retoma todo momento y de la cual se torna la iniciación de la realidad".

Es indudable que en esta descripción Hegel usa el Estado en una doble acepción: en la primera lo considera como la totalidad de la sociedad integrada, y en la segunda, tal como lo señala Marx, lo refiere al gobierno como entelequia que se superpone a la sociedad misma. Hegel intenta así resolver la oposición entre la sociedad civil y el Estado, y para ello apela a la burocracia como representante de la eticidad del Estado frente a la concupiscencia de los intereses privados. Así en el párrafo 294 dice:

"El individuo que por medio de un acto del soberano está ligado a un cargo oficial, está destinado al cumplimiento de su deber, a la sustancialidad de su relación como condición de este enlace, en el cual como consecuencia de esa referencia sustancial halla la riqueza y la satisfacción garantizada de su particularidad, y la liberación de su posición externa y de su creatividad oficial, de otra influencia y de otro influjo subjetivo."

He aquí pues que en la burocracia, o como parte de la burocracia, el individuo definitivamente se despoja de su particularidad para integrarse en lo universal. En esta concepción persiste la dicotomía o, si se quiere, la antítesis entre los intereses particulares y los universales. La burocracia deja de ser persona individual para convertirse en la ética abstracta de un deber ser definido y absoluto determinado por un logos divino.

Por su parte, la sociedad civil, no obstante el reconocimiento de su particularidad, es derivada y no sustancial. Es decir, que el individuo sólo justifica su derecho como tal por su consustanciación con el Estado. El hombre de carne y hueso por su propia particularidad tiene así tina existencia derivada y contingente en tanto que el Estado tiene realidad. El individuo es para el Estado y sólo en su reconocimiento de esta subsidiariedad trascendente encuentra su razón de ser.

En esta concepción el rol de la burocracia es sacramental ya que la sociedad civil *per se* es el mundo de Hobbes de todos contra todos y en ese sentido Hegel nos dice:

"Como la sociedad civil es la liga del interés privado individual de todos contra todos, así aquí, también, tiene su sede el conflicto del mismo modo con los comunes negocios particulares y de éstos junto con aquél contra los más elevados puntos de vista y mandatos del Estado."

La eticidad es pues el reino del interés universal que puede concebirse como la ausencia del interés particular. En la concepción lockeana seguida por Hume, Adam Smith, Ferguson y, en fin, la tradición liberal anglosajona, por el contrario, el hombre tiene, tal como reconoce el cristianismo, una naturaleza dual donde conviven el interés y la generosidad. En la concepción hegeliana es en la sociedad donde se encuentra esa dicotomía y así los individuos pueden dividirse en dos categorías: los interesados representantes del interés privado y partícipes de la sociedad civil, y los desinteresados y generosos que conforman la voluntad general en la integración del soberano con la burocracia.

El absoluto reina pues en la ética y en el conocimiento de la misma, pues por definición toda oposición a la burocracia representa a la concupiscencia y su triunfo significaría la desintegración del Estado. Éste, entonces, tiene su ser real como consecuencia de que el hombre es despojado del suyo, la libertad individual pasa a ser esa ficción metafísica en un mundo en el que el Estado es todo y el individuo nada.

b) Marx

En el *Manifiesto comunista* publicado por Marx y Engels en 1848, se expresa lo siguiente:

"Cuando en el curso de su desarrollo hayan desaparecido las diferencias de clases y toda la producción se encuentre en las manos de una vasta asociación de la nación en su conjunto, el poder público habrá perdido su carácter político. El poder político propiamente dicho, es meramente el poder organizado de una clase para oprimir a la otra."

Anteriormente, en 1847, en *La pobreza de la filosofía*, Marx había escrito:

"La clase trabajadora en el curso de su desarrollo substituirá a la vieja clase burguesa por una asociación que excluirá a las clases y su antagonismo, y no habrá más poder político propiamente dicho, dado que el poder político es precisamente la expresión oficial del antagonismo en la sociedad burguesa".

Es ésta la posición filosófica que llevó a Engels a escribir en su *Anti–Dühring* su famosa frase respecto a que en la sociedad comunista "el Estado se marchitaría". Allí Engels había dicho:

"El gobierno de las personas es reemplazado por la administración de las cosas y por el manejo del proceso de producción. El Estado no es abolido. Él se marchita".

El marxismo es pues una filosofía anárquica, y esa concepción resulta del enfoque económico de la lucha de clases y del concepto de la escasez. Pero antes de entrar en el análisis económico de la desaparición del Estado como consecuencia de la eliminación de las contradicciones sociales, Marx en 1843 comienza por una crítica profunda a Hegel sobre su concepto del Estado. En su *"Crítica a la filosofía del Estado"* de Hegel, el primer aspecto considerado por Marx es la permanencia en la realidad de la dualidad entre la sociedad civil y el Estado. Hegel, dice Marx, al considerar al Estado como una necesidad externa a la sociedad, mantiene este dualismo subordinado al Estado, lo que debiera ser su razón de ser, que es el hombre en su relación social. Es decir que la vida del hombre debe tomar expresión en el Estado y no viceversa, tal como señala Jean Hippolite interpretando el pensamiento de Marx.

Esta reversión es lo que Marx considera que significa transformar el sujeto que es el hombre en su vida social en predicado del Estado como manifestación de la idea. De hecho, lo que Marx sostiene es que en su explicación del Estado Hegel ha descrito la situación del Estado prusiano tal cual era y de ella ha construido su teoría, transformándolo en la expresión de la idea.

Al mismo tiempo Marx considera que toda la definición hegeliana de la constitución del Estado como organismo es una mera tautología. Esa tautología permite crear la ficción de que la racionalidad del Estado a un tiempo emerge de la sociedad civil y de la familia, en tanto que su contenido se entiende como las funciones del Estado.

Marx continúa su ataque en el ámbito de la soberanía, donde su crítica indudablemente está influenciada por el pensamiento de Rousseau. En el párrafo 279 de su *Filosofía del derecho*, Hegel había dicho:

"La soberanía ante todo, solo concepto universal de la idealidad, existe como subjetividad cierta de sí misma y como autodeterminación abstracta, por lo tanto privada del fundamento de la voluntad en el cual se halla el extremo de la resolución. Ésta es la individualidad del Estado, el cual sólo en esto es uno. Empero la subjetividad en su verdad se determina sólo como un sujeto y la personalidad como una persona; y cada uno de los tres momentos del concepto tiene su forma separada para sí, real, en la constitución desenvuelta como racionalidad real. Este momento absolutamente decisivo de la totalidad no es la individualidad en general, sino un individuo, el monarca".

La definición de la soberanía en la subjetividad del monarca para Marx no es más que una mera mistificación. Esta forma de la soberanía es considerada por Marx como el símbolo de la arbitrariedad como sustituto de la voluntad general. Esto significa realmente una violencia al ciudadano que es el sujeto real de la soberanía en el concepto rousseauniano.

Al violentar la voluntad general en el monarca, Hegel desconoce la democracia al considerar al pueblo como tal una masa uniforme. Así dice Hegel en ese mismo párrafo:

"El pueblo considerado sin su monarca y sin la organización necesaria y directamente ligada a la totalidad, es la multitud informe que no es el Estado y a la cual no le incumben ninguna de las determinaciones que existen sólo en la totalidad hecha en sí, esto es soberanía, gobierno, jurisdicción, magistraturas, clases y demás".

A este respecto Marx señala que en la realidad la soberanía reside en el pueblo. La soberanía del monarca o la soberanía del pueblo, ésta es la verdadera alternativa, y Hegel, al apelar a la idea, evade dicha cuestión.

Al respecto Marx expresa lo siguiente:

"...si el monarca es la real soberanía del Estado el monarca tendría que ser considerado un Estado independiente también en relación a otros aun sin el pueblo. Si él fuera el soberano, sin embargo, él representa la unidad del pueblo, y entonces sería solamente un representante, el símbolo de la soberanía del pueblo. La soberanía del pueblo no existe a través de él sino que él existe a través de ella."

En este sentido Marx sostiene una alternativa de hierro y así el pueblo se convierte en el absoluto de la soberanía, cayendo en la misma indefinición que nos dejara al respecto Rousseau en el *Contrato Social*. La crítica de Hegel sin embargo es válida en cuanto a la pretensión de absoluto de donde se derivan la necesidad y la participación ética de la burocracia. Pero la crítica de Marx también es absoluta. Mientras Hegel consideraba que la burocracia representaba la eticidad del Estado, es decir el interés general, Marx señala que finalmente ésta convierte al interés general en su interés particular. Aquí Marx reconoce entonces la falencia del individuo también dentro de la estructura del Estado.

La supuesta racionalidad del Estado está en profunda contradicción con lo que reina en la realidad, por lo que Marx no acepta el proceso idealista por el cual se pretende cerrar la brecha entre el ser y el deber ser. El dualismo existente entre la sociedad y la sociedad civil es para Marx la manifestación de las contradicciones de la sociedad capitalista, y la dialéctica, lejos de justificar dicha situación ha de ser el proceso por el cual debe corregirse a través de la lucha de clases y la revolución proletaria.

Marx prevé la terminación del drama del hombre para alcanzar el fin de la historia en la sociedad comunista. La revolución debe tener por objeto destruir el Estado burgués pues éste no es más que el representante de los intereses de la burguesía. Es decir que, en la visualización marxista de las clases sociales, el Estado no aparece como una necesidad externa a la sociedad sino como la expresión de la explotación de una parte de la sociedad: el proletariado, por la otra: la burguesía.

En esta concepción la libertad no es más que un prejuicio burgués, pues en una sociedad donde impera la escasez, la libertad de uno es siempre a costa de la libertad de otros. La revolución proletaria tiene por objeto último eliminar la escasez para alcanzar el reino de la libertad. Sólo en ese momento se pagaría a cada cual de acuerdo a sus habilidades, a cada cual de acuerdo a sus necesidades, y el Estado al decir de Engels se marchitaría.

El cambio de la sociedad burguesa a la sociedad comunista, por supuesto, habría de pasar necesariamente por la dictadura del proletariado. Es decir que aun la destrucción del Estado burgués deja presente el problema de quién ejerce la soberanía. Y Marx contesta, la dictadura del proletariado, en el *Manifiesto comunista*, o sea el proletariado organizado contra la clase gobernante.

Pero la dictadura del proletariado en sí misma si bien supuestamente elimina la clase burguesa al convertir a la sociedad en una única clase, no resuelve el problema del ejercicio del poder por más que se sostenga que en la sociedad sin clases éste ha perdido su carácter político.

La burocracia como antagónica a la sociedad civil, en el proceso comunista pasa a ser la sociedad completa. Pero la historia reciente de los países comunistas muestra que los intereses individuales no desaparecen juntamente con la clase burguesa sino que se manifiestan de manera diferente. De la misma manera en que Marx había previsto en la burocracia prusiana la confusión de los intereses generales con el interés particular del burócrata, en la sociedad comunista esa manifestación alcanza a la sociedad en su conjunto ya convertida en una enorme burocracia.

Pero la realidad, asimismo, es que alguien ejerce la soberanía en las sociedades comunistas y ella se expresa a través del partido comunista quien goza de indudables privilegios. Una nueva clase dominante más improductiva y mucho más poderosa se apropia de la nación y un nuevo individuo goza del carácter de soberano descrito por Hegel, aunque ya no con el nombre de monarca sino de "secretario del partido" y "presidente del presidium".

La alternativa marxista del Estado absoluto hegeliano, en la búsqueda del absoluto de la anarquía, en una fusión mistificadora del individuo en la sociedad, como manifestación humanística del carácter social del hombre, describe un cambio de 360° para retornar al punto de partida. Nuevamente el soberano con sus nuevos nombres es todo y el individuo nada. La búsqueda del paraíso terrenal por el triunfo sobre la escasez, se vuelve en un sistema opresivo donde se manifiesta una lucha sorda de todos contra todos dentro de la estructura del Estado, que disminuye la productividad y aumenta la escasez. La libertad una vez más sigue a través del materialismo dialéctico el paso que le deparaba el idealismo histórico y no es más que una ficción metafísica perdida en el horizonte de la política del poder.

4. La teoría de la alienación

a) Hegel

El problema de la existencia es concebido por Hegel en términos de la autoconciencia. Esta conciencia implica la realidad del dualismo del hombre entre lo finito y lo infinito, entre lo particular y lo universal. El individuo así enfrenta una tensión entre su ser como tal y el que le corresponde como parte de una totalidad que es su naturaleza como ciudadano.

El primer problema que se le presenta es que existe un mundo para el cual él es el otro. Es ese ser para otro lo que lo convierte en objeto, negándole así su propia condición de sujeto. En esa negación, en ese ser para otro reside pues el carácter de la objetivación del individuo que en consecuencia se siente o está alienado en la sociedad.

Al mismo tiempo para Hegel la alienación es aquel estado de conciencia que surge de la noción del mundo externo objetivo y fenoménico. La forma de emanciparse de este estado de la conciencia es considerar que aquélla, que niega la soberanía de la conciencia, es una proyección de la conciencia. Es decir que el mundo de los objetos reales es de hecho un mundo fenomenológico creado por la propia intelección del sujeto. Aquí se encuentra el centro del idealismo alemán tal como fuera desarrollado por Hegel conforme al cual la realidad es puro pensamiento o pensamiento puro.

La alienación es pues el no reconocimiento del carácter fenoménico de los objetos fuera de la conciencia que le niegan al hombre su propia existencia como tal. La emancipación de esta alienación se produce como consecuencia de comprender precisamente ese carácter fenoménico del mundo exterior con lo que, en las palabras de Hegel, significa autoconciencia. Es este proceso el que domina la negación de la negación, es decir la negación de la existencia de objetos que niegan la conciencia.

Es esta negación de la negación otra obra más del proceso dialéctico por el cual transcurre la realidad de la mano del pensamiento y se concluye que la razón gobierna al mundo. La conciencia de la vida, pues, no es otra cosa que el conocimiento de la "totalidad de la vida" como la negación de sus formas particulares, es decir la subsunción del individuo en la totalidad: de lo particular en lo universal. Es por esta razón que en su *Filosofía del derecho* expresa: "Considerada abstractamente, la racionalidad consiste en la unidad, compenetración mutua de la universalidad y de la individualidad".

La "negación de la negación" pues implica al mismo tiempo la aceptación de la conciencia individual en su integración en lo universal que justifica y da racionalidad a su existencia como individuo. Es decir, se solucionan la tensión entre el individuo como tal y su condición de ciudadano. Así el Estado constituye esa racionalidad concreta que surge como expresión del Espíritu Absoluto y subsume al individuo en los designios dialécticos de la idea.

El estudio de George Lukacs sobre Hegel y su teoría de la alienación ha pretendido ver en esta "negación de la negación" la influencia de Adam Smith en el pensamiento hegeliano sobre la armonía entre los intereses particulares y los intereses sociales. Así Lukacs cita el siguiente párrafo de *Fenomenología del espíritu*, donde entiende que la dialéctica de la riqueza refleja el liberalismo de Adam Smith. El párrafo en cuestión es el siguiente:

"En el disfrute cada individualidad sin duda se da cuenta de su propia existencia, consciente de sí mismo como individuo, pero este disfrute es en sí mismo el resultado de la acción universal, tanto como, recíprocamente, la riqueza requiere el trabajo universal y produce un disfrute para todos... Cada individuo piensa que está actuando en su propio interés... Sin embargo mirado desde el exterior, se hace manifiesto que en su propio disfrute cada uno da disfrute a todos, en su propio trabajo cada uno trabaja para todos tanto como para él mismo, y todo para él".

Al interpretar este pensamiento en el sentido smithiano no hay dudas de que Lukacs está decididamente influenciado por Marx. El concepto de "la mano invisible" que parece desprenderse del párrafo citado no responde en los mismos términos con el pensamiento de Hegel. Mientras para éste la conciencia individual responde fundamentalmente a la omnisciencia del soberano como intérprete de la idea, la tradición liberal refleja el curso de la historia en el sentido opuesto. Es decir, que la actuación sujeta a reglas generales permite una conducta individual que se traduce en el mejoramiento colectivo.

En esa concepción se manifiesta la libertad, como respuesta precisamente a la falencia humana de la cual no se encuentra liberado el soberano. Nada más ajeno al pensamiento hegeliano que ve en ese concepto de la libertad la expresión de la particularidad o sea de los intereses particulares y el colapso de la sociedad. La armonía entre los intereses individuales y los generales, es un *a priori* del pensamiento liberal en tanto que surge como el resultado del poder político consciente y conocedor del interés general en el idealismo hegeliano.

Que Hegel reconociera los beneficios de la división del trabajo no implica que ello lo convierta en liberal. El problema de la productividad y de la eficiencia como reconocerá el propio Lenin no era un prejuicio burgués. La armonía percibida por Hegel en este principio que nos recuerda a los Tres Mosqueteros con su "todos para uno y uno para todos" no es más que una forma de justificar en ese caso particular la falta de libertad existente bajo la monarquía prusiana, y no el resultado del proceso capitalista que todavía distaba de haberse entronizado en Alemania en 1806 cuando Hegel escribió *Fenomenología del espíritu*.

b) Marx

Como era de esperarse Marx se apropia de la teoría de la alienación pero por supuesto en un contexto muy diferente al expuesto por Hegel. Lejos de negar la existencia de la alienación de la sociedad, Marx la explica como el resultado del proceso capitalista confundiéndola así con el proceso de explotación. Podría decirse que en el pensamiento de Marx, la alienación es en el campo de la metafísica la contrapartida directa de la teoría de la explotación en el campo de la economía.

En sus *Manuscritos* titulados *Crítica de la dialéctica y de la filosofía de Hegel en general*, que datan de 1844, Marx ataca a Hegel primeramente por confundir objetivación con alienación y en segundo término por tratar de resolver el problema de la alienación en la conciencia y no en la realidad. En primer término Marx distingue entre la objetivación, que es el resultado de la existencia material y la alienación, que es el estado de conciencia resultante de una forma particular de relación del hombre con los objetos.

La confusión entre objetivación y alienación resulta del intento de Hegel de considerar al mundo exterior como una proyección de la conciencia. Es por ello que el intento de resolver el problema de la alienación en el ámbito de la conciencia, vuelve al hombre sobre sí mismo dejando incólume la realidad en la cual se encuentra atrapado por la forma del proceso productivo capitalista.

Es decir, Hegel reconocía la imposibilidad de abolir la alienación en la realidad, de manera tal que la conciencia sólo aprueba la realidad que no puede modificar.

Es esta actitud la que le hace decir a Marx en *La Sagrada Familia* lo siguiente: "El humanismo real no tiene un enemigo más peligroso en Alemania que el espiritualismo o idealismo especulativo que sustituye al hombre individual real, por la autoconciencia o el espíritu". Aquí tenemos la razón de ser del anti–idealismo y por consiguiente su respuesta, que es el materialismo dialéctico. Más aún, asimismo tenemos la actitud antirreligiosa de Marx que le hizo exclamar que la religión era el opio de los pueblos. La religión era la que permitió continuar con la ficción de resolver el problema de la alienación en la conciencia por vía de la relación con la deidad. Su posición frente a la alienación es explicitada por Marx en sus *Manuscritos filosófico–económicos*, donde explica cómo la producción capitalista se lleva a cabo en condiciones de alienación.

"El objetivo producido por el trabajo, su producto, ahora se encuentra opuesto a, es un ser ajeno, como un poder independiente del productor. El producto del trabajo es el trabajo corporizado en un objeto y convertido en una cosa física; este producto es la objetivación del trabajo...

"...Tanto la objetivación aparece como una pérdida del objeto que el trabajador es privado de las cosas más esenciales no sólo de la vida sino del trabajo. El trabajo mismo se convierte en un objeto, el cual sólo lo puede alcanzar con el mayor esfuerzo y con interrupciones impredecibles... El trabajador pierde su vida en el objeto y el trabajo no pertenece más a sí mismo sino al objeto. Cuanto mayor su actividad, por tanto, menor lo que posee. Cuanto mayor es ese producto, por tanto, más es su disminución. La alienación del trabajador en su producto significa no solamente que su trabajo se convierte en un objeto, asume una existencia externa, sino que él existe independientemente, fuera de sí mismo, un extraño para él, y que se encuentra opuesto a él como un poder autónomo. La vida que le ha dado al objeto se establece entonces a sí misma contra él como una fuerza extraña y ajena."

En los párrafos que anteceden podemos encontrar una síntesis del concepto de alienación de Marx, extractado del acápite "Trabajo alienado" de los *Manuscritos filosófico–económicos*. De acuerdo a este criterio la alienación es el producto, pues, del proceso capitalista, y sólo la eliminación de tal proceso habrá de eliminar en la realidad y no sólo en la conciencia la alienación del trabajador.

Aparentemente la dictadura del proletariado ha estado lejos de producir la desalienación del trabajo concebida por Marx. Este había dicho que en la sociedad comunista el trabajo difícil no desaparecería, sino que desaparecerían las condiciones alienantes del sistema productivo capitalista. Por ejemplo sería como el trabajo del artista. No sé si es que Marx sugería a partir de ese ejemplo que en la sociedad comunista todo trabajo era artístico, pues él nunca fue muy claro al respecto, y fue Lenin quien estableció e implementó las bases del paraíso comunista del cual ya tenemos bastantes experiencias.

El proceso de alienación en el ámbito de la filosofía surge pues del proceso de explotación existente en el ámbito de la economía, y de cuyas condiciones el sistema capitalista establece las leyes objetivas por las cuales el hombre se convierte en el objeto de su propio trabajo. Esta conceptualización es expresada con profusión en el párrafo que sigue, y que igualmente pertenece a los *Manuscritos filosófico –económicos*.

"La alienación del trabajador en su objeto es expresada de acuerdo a las leyes de la economía política como sigue: Cuanto más produce el trabajador, es menos lo que tiene para consumir; cuanto mayor es el valor que crea, menos valioso y más desvalorado se convierte; cuanto mejor formado su producto, más deformado está el trabajador; cuanto más civilizado es su producto, más bárbaro es el trabajador; cuanto más poderoso es el trabajo, más débil es el trabajador; cuanto más inteligencia tiene el trabajo, menos capaz es el trabajador y más se convierte en un esclavo de la naturaleza."

Aquí vemos cómo el proceso productivo se vuelve cada vez más en contra del trabajador y configura una trampa en la que éste se encuentra atrapado de tal manera que sólo la revolución puede liberarlo. Y ese proceso es el resultado como antes dijera de la explotación. Esa explotación reside en el hecho de que, conforme a la teoría del valor trabajo de Ricardo, el trabajo se considera como una mercancía, y en consecuencia su valor, en cambio, resulta ser sólo el costo de su supervivencia. En consecuencia a él no se le paga el valor de su producto, y la diferencia es la que denomina "plusvalía" (*suplus value*) que constituye la fuente de capital. Así el trabajo se transforma en capital y éste se convierte en su señor.

Este proceso de capitalización según Marx se produce a través del dinero y en los mencionados manuscritos señala que el dinero es el y/o alienado del hombre. Aquí Marx entra en contradicción pues mientras por una parte considera que el capitalista se apropia de la riqueza del trabajador (toda riqueza de uno depende de la pobreza del otro) éste asimismo se encuentra alienado, pues el capital resulta del ahorro. A este respecto Marx señala lo siguiente:

"Cuanto menos come, bebe, compra libros, va al teatro o a bailes o a casas públicas, y cuanto menos usted piensa, ama, teoriza, canta, pinta hace esgrima, etc., más usted será capaz de ahorrar y mayor será su tesoro que ni el moho ni el óxido corromperán su capital. Cuanto menos usted exprese su vida, más usted tiene, mayor es su vida alienada y mayor es el ahorro de su vida alienada".

Es decir que en cuanto a esta descripción, también el capitalista resulta estar alienado, pero Marx tendría que decidirse, ¿es el capital el producto de la explotación? La segunda parece ser la respuesta más corriente de Marx, no obstante que en múltiples oportunidades caracterizó al capitalismo como ascetismo práctico. Pero lo más contradictorio surge de la apreciación de Marx sobre la capacidad del dinero para realizar todo lo que el burgués asceta deja de hacer y dice: "Y todo aquello que usted no es capaz de hacer su dinero puede hacerlo por usted". Es decir que al independizar al dinero del hombre, el dinero toma *per se* una dimensión que le permite tomar el lugar de éste para hacer por él lo que él no hace, comer, beber, leer, etc. Pero, ¿cómo? No se puede ser asceta y pródigo al mismo tiempo y, por más fluido que sea el léxico de Marx, el gasto siempre lo realiza un hombre y no el dinero *per se*.

El problema se ahonda en el sentido de que en su visión del dinero Marx incurre en un error que venía ya de la época de Licurgo al confundir poder con riqueza y ésta con dinero. Así Licurgo pensaba que el egoísmo provenía del deseo de tener dinero y por tanto ordenó que en Esparta éste fuese hecho de hierro para que nadie lo deseara. Este error surge precisamente de la internalización como absoluto del sistema en que vivimos, donde el dinero o la riqueza han llegado a tener algo de poder, invirtiendo la relación de causalidad histórica por la cual el poder determinaba la riqueza y no viceversa.

Esta confusión de Marx se hace aun más patente en las palabras de sus *Early Writings* (*Primeros escritos*), citados por Avineri en la obra comentada anteriormente y que dice:

"Mi propio poder es tan grande como el poder del dinero. Las propiedades del dinero son mis propias (el poseedor) propiedades y facultades. Lo que yo soy y lo que puedo hacer, por tanto, no está determinado por mi individualidad. Yo soy feo pero puedo comprarla mujer más bella para mí. Consecuentemente yo no soy feo, porque el efecto de la fealdad, su poder de repeler, es anulado por el dinero...

"¿No es cierto que el dinero, por tanto, transforma todas mis incapacidades en sus opuestos?".

No voy a entraren consideraciones subjetivas sobre si es lo mismo comprar una mujer bella que ser amado por una mujer bella, sino que voy a entrar directamente en lo que considero la confusión marxista respecto al poder del dinero. Suponiendo que fuera lo mismo, cosa que no creo, ni creo que Marx tampoco lo creyera, lo cierto es que todo lo que yo digo respecto al dinero lo podría postular respecto al poder *per se*. En el sistema capitalista parte del poder se mediatiza a través del dinero, pero en una sociedad donde desaparece la propiedad privada no desaparece el poder que toma la forma de poder político *per se*. O sea la frase de Marx con respecto a la fealdad se podría reescribir de la siguiente manera: "Mi propio poder es tan grande como mi poder político". Es esta confusión la que lleva a Marx a postular que con la desaparición de la propiedad privada desaparecerían la explotación y la alienación. Conforme a Marx la propiedad privada es el robo al trabajador de su plusvalía y por consiguiente la que lo convierte en esclavo. De allí surge que la propiedad no puede jamás ser universal y por lo tanto la burguesía no puede ser la clase universal. Sólo el proletariado tiene esta característica de universalidad y por esa razón es el representante de la clase social única o de la unificación de las clases sociales. Lo que Marx olvida en su filosofía es que ni la escasez ni el poder desaparecerían de la Tierra. Ahora bien, su utopía filosófica tiene su propio preconocimiento en sus premisas políticas sobre la necesidad de la revolución y de la dictadura del proletariado. En el ejercicio de esta última lo que puede el dinero en la sociedad capitalista, lo puede y mucho más el poder político en la sociedad comunista.

Así Marx, al combatir a Hegel, nuevamente da una vuelta de 360 grados volviendo al punto de partida y creando un poder absoluto a través del creciente Estado comunista y la sociedad convertida en burocracia. Los sueños del hombre tan nítidamente expresados por Marx se convierten en la pesadilla de la propia existencia de la sociedad comunista.

5. El racionalismo frente a la razón

Estamos a 87 años aproximadamente del día en que la "Teoría especial de la relatividad" de Einstein expresara la naturaleza relativa del espacio y del tiempo y en el momento en que los descubrimientos de la física cuántica constituyen o al menos presentan un desafío a la categoría kantiana de la ley de causalidad. Es decir, al tiempo que la ciencia por antonomasia se aparta del determinismo y de la regularidad de la gravitación universal newtoniana, llegamos al final del siglo XX abrumados por una denominada ciencia político–social, que intenta reverdecer el pensamiento de la primera mitad del siglo XIX.

Así Hegel sigue influyendo sobre el pensamiento racionalista a través de su *Filosofía de la historia* donde la razón tiene el carácter de una tautología. El *dictum* hegeliano de que todo proceso de cambio es racional a la vez que explicita la voluntad del espíritu (Dios desplegado sobre la Tierra), elimina a la razón misma como instrumento del proceso epistemológico. O sea al elevar a la contradicción a "categoría existencial" se elimina de cuajo toda posibilidad de conocimiento. Otra cosa muy distinta es admitir la existencia de contradicciones, pero precisamente el método de la prueba y el error a través del cual avanza el conocimiento, implica la eliminación de la contradicción como presupuesto para corregir el error. El error histórico no es factible en la filosofía hegeliana que postula la infalibilidad de la soberanía expuesta por Rousseau. Hegel, pues, nos propone un conocimiento absoluto que paradójicamente significa el error absoluto y una moral histórica que es de hecho una amoralidad de la soberanía. Tal como explicara Karl Popper en su obra *Conjeturas y refutaciones*, cualquier teoría que pretende explicarlo todo de hecho no explica nada. Es decir la calidad de teoría científica resulta de la posibilidad de su refutación en la experiencia. Cuando la contradicción como categoría del pensamiento cierra en un *a priori* intuitivo la brecha entre el conocimiento y la realidad, toda epistemología resulta una mistificación.

De la misma manera el "socialismo" está dominado por el racionalismo marxista que en su refutación a Hegel reclama la misma validez de absoluto para el materialismo dialéctico. Tampoco el historicismo marxista es refutable en la práctica por la experiencia. Todo intento de refutación se encuentra invalidado *a priori* por la incapacidad de la conciencia de conocer, por estar influenciada por la circunstancia. O sea, como explicara Marx, no es la conciencia del hombre la que determina su circunstancia sino ésta la que determina su conciencia. Por tanto la posibilidad de conocer implica el cambio previo de la conciencia y en consecuencia una vez concientizado el hombre es capaz de captar la realidad del materialismo dialéctico. Marx así reclama para su teoría del conocimiento racional del hombre la fe *a priori*, pues sólo de esa manera es posible el conocimiento.

Una mayor contradicción resulta de su aspiración revolucionaria donde el partido comunista tiene la función de constituirse en la partera de la historia que habría de contribuir a acelerar el surgimiento de la sociedad socialista de las entrañas mismas de la sociedad capitalista. Es cierto que a la vez Marx, en su *El 18 Brumario de Luis Bonaparte*, expresa que el jacobinismo es la manifestación misma de que el proceso social no estaba preparado para que se produjera el cambio. Pero, ¿qué otra cosa que un jacobinismo universal significa el rol de la dictadura del proletariado en su función específica de expropiar a los expropiadores?

Todo este absolutismo del pensamiento no sería digno de consideración científica si no fuera que los partidos nazis, fascistas y comunistas, dan cuenta en el proceso político de su capacidad para la creación de facciones y de fanatismo. En este sentido es importante recordar las palabras de Adam Smith expuestas en su *Teoría de los sentimientos morales*, donde dijera: "De todos los corruptores de los sentimientos morales, por tanto, la facción y el fanatismo han sido por lejos los mayores".

Es indudable que tanto el terrorismo revolucionario como el terror que surgió en los comités de salud pública bajo la égida de Fushe y que se desarrolló a través de la Gestapo y de la KGB han partido de ese espíritu faccioso y fanático generado por el absolutismo de la razón que de hecho significa el reino de la sinrazón. Hitler y Stalin son los ejemplares clásicos del desarrollo político de Hegel y Marx y así en 1939 a través del olvidado pacto Ribbentrop–Molotov decidieron repartirse el mundo.

Otro muy distinto ha sido el curso de la historia en aquellos países que, librados del endiosamiento de la razón, han visto prosperar la libertad existencial y no metafísica en sus procesos políticos. Este otro proceso histórico encuentra sus ancestros en la "duda socrática" conforme a la cual el hombre toma conciencia de lo limitado de su entendimiento, pero sin abandonar la búsqueda del conocimiento por el único camino del que dispone que es su razón.

Es este camino el gran reencuentro del empirismo con la naturaleza falible del hombre. Fue así Locke el precursor de esta nueva actitud quien postuló en su método nuevamente la capacidad de aprender así como de equivocarse. La verdad no es manifiesta ni el discurso del método nos libra de la posibilidad del error. El empirismo, pues, más que un método de conocimiento es una actitud frente al conocimiento y por ende frente a la vida.

Fue de Locke, pues, que surgió esta actitud que desarrollara en su *Ensayo concerniente al entendimiento humano* (*Essay Concerning Human Understanding*) que fuera terminado en 1687 y publicado en 1690 o sea dos años después de que tuviera lugar en Inglaterra la denominada Revolución Gloriosa en 1688. Más que la validez de su teoría del conocimiento, para la cual tuvo aportes innegables, es de destacar esa actitud que lograra extraer del hombre lo mejor sin ignorar su falencia pasional. Las frases siguientes tomadas del ensayo mencionado dan la tónica de esa actitud que ha regido el comportamiento de las sociedades libres del mundo. Así dice Locke lo siguiente: "La necesidad de perseguir la verdadera felicidad es el fundamento de toda libertad... La preferencia del vicio a la virtud es un juicio manifiestamente equivocado... El gobierno de nuestras pasiones es el mejoramiento correcto de nuestra libertad Véase pues cómo Locke intenta su enfoque social partiendo de la moral del hombre particular donde la ética no es de ninguna manera un proceso histórico ineluctable.

De ese pensamiento surgió la *Carta sobre la tolerancia*, donde Locke expone con vehemencia la irracionalidad y a la vez irreligiosidad de las guerras religiosas que asolaban a la Europa de su tiempo. Esa tolerancia no era más que el compromiso social basado en la conciencia de nuestra propia falencia. Ese principio fue extendido al campo de la política donde Locke viera en la división de los poderes el sistema de frenos y contrapesos que habría de limitar en la práctica los excesos de las pasiones del hombre en el ejercicio del poder. La propiedad privada no es en esa concepción sólo un elemento de la economía como tal, sino el instrumento que separa a ésta de la política, con el objeto de obtener esa división de poderes en la sociedad que garantiza la libertad del hombre.

Es siguiendo los pasos de Locke que Adam Smith escribe su *Teoría de los sentimientos morales*, que surgió de su curso sobre ética, y allí expresa que los valores por antonomasia del hombre son la prudencia, la justicia y la benevolencia. De esta concepción resulta un sistema ético que no es el efecto de "la mano invisible" que desarrollara más tarde en su mucho más conocido libro *La riqueza de las naciones*. Ese sistema de normas morales habría pues de desarrollarse en la conciencia individual con respecto a la cual Smith crea la figura del "espectador imparcial" que todos llevamos dentro como parámetro de la eticidad de nuestra conducta. La mano invisible que habría de incrementar el bienestar de todos a partir del interés particular, presupone pues una estructura previa que es en sí un sistema de justicia donde el hombre por principio actúa con prudencia en la búsqueda de su felicidad y con benevolencia como expresión de su propia generosidad que convive con su egoísmo. Sólo a partir de ese esquema de justicia que configura un sistema de reglas generales es que la noción de la mano invisible toma cuerpo de naturaleza en el pensamiento smithiano para proveer instrumentalmente a la riqueza de las naciones. El mercado pues es el instrumento de la ética y no ésta el resultado de aquél.

Es ese pensamiento el que atravesó el Atlántico y dio a luz a una civilización en el Nuevo Mundo que una y otra vez ha iluminado al Viejo. Fue Madison quien en las cartas 10 y 51 de *El Federalista* diera forma a los principios que habrían de guiar la constitución de la democracia americana. En esos dos ensayos James Madison describe con acierto y profusión los males de la facción y los abusos de la mayoría que se vuelven contra la sociedad misma en un retorno al estado de naturaleza donde el más débil está a merced del más fuerte. Allí casi poéticamente Madison nos ilustra sobre las previsiones que ha de tener la sociedad para evitar el totalitarismo y la anarquía con plena conciencia de las falencias del ser humano tanto en su rol de gobernante como de gobernado. Así dice en la carta 51 lo siguiente:

"Si los hombres fueran ángeles ningún gobierno sería necesario. Si los ángeles fueran a gobernar a los hombres, no serían necesarios controles internos ni externos sobre los gobiernos. Al formar un gobierno que ha de ser administrado por hombres sobre hombres la gran dificultad yace en lo siguiente: Se debe primeramente capacitar al gobierno para controlar a los gobernados; y en segundo lugar obligarlo a controlarse a sí mismo. La dependencia en el pueblo cs sin duda el primer control sobre el gobierno; pero la experiencia le ha enseñado a la humanidad la necesidad de precauciones auxiliares."

En el párrafo anterior podemos encontrar la síntesis de los principios que fundamentan la ética del liberalismo, y su proyección política. Los hombres no son ángeles, el gobierno está formado por hombres, no es una entelequia...; el pueblo como control es uno y no el único instrumento de la libertad. En consecuencia la ética tanto para los gobernantes como para los gobernados es un problema individual y la historia es el producto de la acción de los hombres y no su carcelera. Fue así que a partir de la implementación de estos principios se formó una nueva civilización y la república tomó sin violencia el lugar de la monarquía y no convirtió este cambio en un mero problema semántico.

Fueron éstos los principios que de la mano de Alberdi se plasmaron en la Constitución Nacional de 1853, contribuyendo así a crear una Argentina inconcebible antes de Caseros. Esos mismos principios una vez más son desafiados por el espíritu faccioso que pretende ver en su conceptualización de la ética social el fundamento de la violencia a la libertad individual. Al denostar al mercado como instrumento de la ética, se constituye en el Estado el mercado del poder, donde impera ya sin norma la ley del más fuerte. El país, olvidando las precauciones adicionales de que hablaba Madison, convierte al pueblo en facción.

X. NUESTRO TIEMPO

1. Qué es decadencia

Es indudable que la economía mundial está sufriendo una aguda crisis que se manifiesta en los desequilibrios internos de los países desarrollados y sus consecuentes desequilibrios externos, que hacen bailar a los tipos de cambio la danza de las horas. Pero al hablar de declinación no parecería que los desequilibrios financieros y comerciales son los que se tienen en cuenta. Para hablar de decadencia o de declinación, como la denominó Gibbons en su obra magna que describe el proceso de descomposición del Imperio Romano, deben concurrir dos hechos fundamentales. El primero es que esa declinación significa la existencia de un período anterior superior; el segundo es que ese proceso termina con la práctica desaparición de las sociedades, los valores y las formas culturales y científicas que éstos hayan podido alcanzar.

La problemática de la decadencia requiere, pues, una reflexión profunda sobre la historia y los cambios fundamentales que a mi juicio han tenido lugar, particularmente a lo largo de este siglo XX.

En primer término, para poder definir la decadencia habría previamente que saber cuál es el estado de no decadencia o de grandeza o engrandecimiento, según se lo prefiera denominar.

Es indudable que cuando se habla de decadencia lo primero que se suele considerar es la laxitud en las costumbres morales. Se ha pretendido definir entonces esta decadencia moral como el resultado de que en la sociedad priven los intereses individuales por sobre los sociales. Éste es el comportamiento que se conoce como hedonismo y que constituiría el símbolo de la decadencia.

En este sentido, creo que ello implica una nueva confusión que parte de una concepción que percibe *a priori* un antagonismo irreconciliable entre los intereses particulares y los intereses sociales.

Este criterio, a mi juicio, es sumamente discutible a la luz de los progresos logrados por lo que hoy se conoce como la sociedad occidental donde ha prevalecido un criterio según el cual el interés general surge de la interacción de los individuos para la satisfacción de sus intereses particulares.

a) El problema de Antígona

El supuesto antagonismo entre los intereses particulares y los generales, que podemos denominar el problema de Antígona, fue definido por Hegel como el carácter mismo de la alienación del individuo en la sociedad.

Esa alienación respondía precisamente a la dicotomía existente en el hombre en su doble condición de individuo y de ciudadano. Es a partir de esta concepción que se justificó intelectualmente el poder absoluto del monarca, en tanto el individuo sólo justificaba su existencia en la autoconciencia de su integración en el todo, o sea, en el Estado.

Es indudable que esta concepción responde a un proceso histórico en el que la guerra constituye el objetivo por antonomasia del hombre en la sociedad. La guerra es el carácter mismo de la sociedad aristocrática y es asimismo indudable que una sociedad concebida como un objetivo bélico depende de una organización en que el individuo no tiene más derechos que los que le permite el sistema militar de mando y obediencia.

Los generales podrían equivocarse y por ello perder las guerras, pero un ejército no existe si no responde a una estructura vertical de mandos en la cual los derechos individuales desaparecen.

La guerra ha sido el carácter histórico de las sociedades, en tanto que el comercio era una actividad secundaria propia de los plebeyos. Es así que igualmente encontramos que en todas las sociedades las clases sociales eran primero la de los sacerdotes, en segundo término los guerreros, seguidamente los comerciantes y por último los trabajadores.

Esa estructura social respondía igualmente a una concepción económica según la cual la riqueza era un dato y toda adquisición implicaba un despojo. La guerra era, pues, la forma de adquisición por antonomasia y de ella dependían la gloria y la riqueza de una sociedad.

b) La sociedad bélica

La sociedad bélica definitivamente dependía de una actitud austera, y la moral implicaba anteponer los intereses sociales a los del individuo.

En este tipo de sociedad todo intento de mejora individual representaba una violación moral en un doble sentido.

En el orden interno, implicaba el intento de cambiar la posición, lo que en una sociedad estática significaba que toda mejora de uno era porque alguien empeoraba. Es decir, la sociedad era percibida como un juego de suma cero y, en tales circunstancias, la estereotipación de las clases sociales, sus privilegios y obligaciones eran la garantía de la tranquilidad social.

En el orden externo, esa misma actitud era esperable, ya que al ser la guerra el medio de adquisición, todo proyecto de enriquecimiento o de superación de una sociedad necesariamente implicaba la victoria militar sobre las otras sociedades. Por tanto, en ese aspecto, el interés individual no podía menos que estar condicionado por el interés general, que no era otro que la victoria en la guerra.

Esta visión moral de la guerra está claramente definida por Hegel en su *Filosofía del derecho*, donde dice: "La guerra como situación en la cual la vanidad de los bienes y de las cosas temporales, que de otro modo suele ser una manera de decir edificante, convertida en una cosa seria constituye el momento en el cual la idealidad de lo particular alcanza su derecho y deviene realidad; ella consigue su más elevado sentido en que, por su intermedio, como ya lo he explicado en otro lugar, la salud ética de los pueblos es mantenida en su equilibrio, frente al fortalecerse de las determinidades finitas, como el movimiento del viento preserva al mar de la putrefacción, a la cual lo reduciría una durable o más aún perpetua quietud".

De la misma manera, el capítulo de El Gran Inquisidor, en *Los hermanos Karamazov*, explica la obsecuencia de la mayoría, que permite el poder absoluto ante la realidad de que no hay pan para todos. Así dice Dostoievski por boca de El Gran Inquisidor: "Ninguna ciencia les dará pan en tanto permanezcan libres". Al final ellos depondrán su libertad a nuestros pies y nos dirán: "Hágannos sus esclavos, pero aliméntennos". Ellos, al final, comprenderán que la libertad y el pan suficiente para todos son inconcebibles juntos. Nunca, nunca serán capaces de tener ambos en conjunto. Ellos serán convencidos también de que no podían jamás ser libres, porque son débiles, viciosos, sin valor y rebeldes".

La guerra y la esclavitud, pues, eran los conceptos morales que garantizaban la sobrevivencia de la sociedad.

Todo individualismo implicaba por sí una decadencia política y bélica que naturalmente se traducía en un empobrecimiento que hacía eclosión en el momento de la derrota. El ejemplo clásico de este proceso podría decirse que, en Occidente, lo constituye la caída del Imperio Romano, en el siglo IV.

Los bárbaros pudieron vencer a los romanos, que estaban derrotados desde adentro. La desorganización social implicó el retroceso total de la sociedad y Europa vio así que tardó nueve siglos en alcanzar nuevamente el estadio logrado bajo el imperio.

Las reglas del juego seguían los mismos canales y ni siquiera se logró un proceso tan civilizador como el que en su oportunidad representó el Imperio Romano.

Las sociedades, al igual que los hombres, respondían al mismo principio de los animales: la ley del más fuerte, según la cual el más fuerte habría de comerse al más débil. El despojo y la guerra eran, por supuesto, los mismos patrones seguidos por las especies animales irracionales, y el conocimiento no era un factor determinante en la situación de las sociedades.

c) La sociedad comercial

Sólo paulatinamente el hombre comenzó a salir de tal proceso y las sociedades conocieron un esquema distinto en los proyectos sociales. El comercio, como medio de intercambio, produjo una modificación sustancial en la estructura social y las posibilidades de armonía entre los intereses particulares y los intereses generales.

Tal como escribió Locke en su *Segundo tratado sobre gobierno civil*, el gobierno era creado para la defensa de los intereses particulares y no viceversa. El intercambio tomó paulatinamente el lugar de la guerra en el proceso de adquisición y la sociedad no fue más un juego de suma cero. La riqueza dejó de ser un dato y el trabajo que justificaba la propiedad privada, tal como lo explicó Locke en la obra citada, constituyó la fuente misma de aquélla.

La ética igualmente tomó un curso diferente y se pasó del "dar" al "hacer". La posibilidad de la armonía entre los intereses individuales y los intereses generales permitió el reconocimiento de los primeros.

Éste fue el camino de la libertad que fundó la justicia en el derecho de propiedad en su sentido más amplio. Fue este proceso igualmente el que permitió el desarrollo de la democracia representativa y la distribución del poder como garantía de la libertad individual.

El proceso logrado por estas sociedades fue muy distinto de los encumbramientos sociales antiguos. La ciencia y la técnica alcanzaron niveles no soñados y todo el sistema de trabajo de la sociedad está dirigido al mejoramiento constante del conocimiento. El intercambio denostado en la antigüedad mostró el camino de la civilización humana, que no estaba al alcance de los animales.

En estas sociedades necesariamente el concepto de decadencia de ninguna manera puede compararse con los procesos históricos de las sociedades bélicas. A los efectos de una mejor comprensión, vamos a llamar a las sociedades antiguas sociedades bélicas y a las modernas sociedades comerciales.

Podemos decir entonces que la caída de una sociedad bélica implicaba siempre una declinación moral, entendiendo por tal la preferencia de los intereses individuales sobre los sociales o generales.

En el caso de las sociedades comerciales, constituidas precisamente sobre el reconocimiento de los derechos e intereses individuales, como el presupuesto de la razón de ser de la sociedad y del gobierno, la declinación sólo puede tomar otro curso.

d) La decadencia moral

Para conocer cuál es el curso de la decadencia moral de la sociedad comercial es necesario determinar previamente cómo es el proceso de armonía de los intereses individuales y los intereses sociales.

Por supuesto que es propio de toda sociedad que existan intereses contrapuestos entre los distintos individuos y entre los distintos grupos o sectores dentro de la sociedad. Pero estos intereses particulares o diferencias de intereses no significan *per se* una concepción inmoral de la sociedad. En esa armonización, por supuesto habrán de prevalecer ciertos intereses sobre otros y la idea fundamental es que se establezcan normas generales que permitan dirimir tales conflictos de intereses.

Ése es el concepto de justicia que representa la igualdad ante la ley. Esa justicia, tal como la concibe Hume, es un concepto que se sustenta en la propiedad privada como consecuencia del exceso de las necesidades (*wants*) respecto de los bienes.

Podría decirse entonces que el proceso de declinación moral de las sociedades comerciales sigue un curso inverso del que seguiría el de las sociedades bélicas. El problema no surge en las primeras cuando el interés por las ganancias determina la acción de los individuos en la sociedad.

Éste es un incentivo mucho más positivo que el que resulta de las pretensiones de gloria militar y de despojo de otras sociedades. El problema en estas sociedades es el cómo se logran tales ganancias. Debe tenerse en cuenta que la ambición personal *per se* no es lo que puede causar la decadencia sino la forma en que la misma se desarrolla.

En este sentido, es importante destacar que en la medida en que las regulaciones del Estado afecten la libertad económica, las posibilidades de que las ganancias individuales muestren una declinación moral aumentan.

Esas ganancias que resultan de los vericuetos de la burocracia no significan un aporte al incremento de la riqueza de la sociedad, sino una distribución de la misma como consecuencia de los privilegios que determina el poder político que se escuda en un supuesto interés general.

Es indudable asimismo que la posibilidad de que el conocimiento desaparezca de la faz de la tierra sólo puede concebirse como consecuencia de la guerra nuclear. De hecho, ella significaría la desaparición de la especie humana.

Esto ya no podría considerarse una decadencia, pues el sujeto mismo de ésta habría dejado de existir y por tanto no podría tomar conciencia de aquélla. Hasta el presente, sin embargo, ha sido el temor a la guerra nuclear el factor más importante en el mantenimiento de la paz. Esta ha dejado de ser un objetivo para convertirse en el sustrato imprescindible de la supervivencia.

Si llegásemos a la conclusión de que las sociedades ricas por definición desencadenarán una decadencia moral como sociedad, estaremos atrapados en un callejón sin salida. ¿De qué valen el conocimiento, la ciencia, la salud, si todos estos objetivos significan no otra cosa que una mayor riqueza de la sociedad y un mayor bienestar que ineluctablemente nos colocarían en el camino de la declinación moral? En ese caso, el retorno a la Edad Media y la preocupación por la muerte más que por la vida serían la única respuesta.

2. Concilium de Enmenda. Kremlin o Perestroika

En 1536 el Papa Pablo III designó una comisión de reformadores para investigar las causas de los abusos en Roma y recomendar los remedios. En 1537 la comisión produjo un informe: "Concilium de Enmenda Ecclesia" (Consejos para reformar la Iglesia). En su prefacio el informe decía: "La causa de todos los problemas yace en los papas mismos que han permitido que sus deseos los dominen y han escuchado a falsos consejeros con el resultado de que se han creído tan totalmente dueños de la Iglesia que tenían el derecho de vender los cargos, los nombramientos y los oficios sin perjuicios de pecado".[1]

Tal como dijera Reagan alguna vez, el gobierno es el problema, no la solución. La Perestroika por el contrario cree, después de describir los problemas que enfrenta la sociedad rusa, que el gobierno es la solución. A mi juicio tanto en Roma en el siglo XVI como en Rusia en el siglo XX el problema sigue siendo la estructura del sistema de poder ilimitado que tenían tanto uno como otro monarca.

1   G. R. Elston: *Reformation Europe 1517–1559,* Fontana Press., Londres, mayo de 1986.

El sistema y la sociedad

En la Perestroika el Sr. Gorbachov pretende una reestructuración de la sociedad rusa basada en los principios de Lenin, cuando a mi juicio es de tales principios que se derivan los principales problemas de corrupción e ineficiencia que sufre el pueblo ruso. En la página 19 de la versión castellana, Gorbachov dice: "Aquí tenemos más paradojas. Nuestra sociedad ha asegurado ocupación completa y proporcionado garantías sociales fundamentales. Al mismo tiempo hemos fracasado en el uso a fondo del potencial del socialismo para enfrentar los crecientes requerimientos de viviendas, en calidad y algunas veces en cantidad de productos agrícolas, en la organización apropiada del transporte, en servicios para la salud, en educación...".

Ahí percibimos la primera confusión. El planteo de Gorbachov no es una paradoja, sino que los resultados de una sociedad paternalista, sin más incentivos individuales que los que se derivan de alcanzar posiciones en la escala política del partido, no podrían ser otros que los obtenidos.

No es el esquema planteado por Lenin el que podría venir a salvar al socialismo por más que puede comprenderse que sería difícil y aun muy peligroso para un líder ruso reconocer esa realidad. Pero ahí está en *El Estado y la revolución* presentado el pensamiento de Lenin respecto a la simplicidad de la administración del Estado. Así dice Lenin: "La cultura capitalista ha creado la producción en gran escala industrial, ferrocarriles, el servicio postal, teléfonos, etc., y sobre esta base la gran mayoría de las funciones del viejo 'poder estatal' se han simplificado tanto y pueden ser reducidas a operaciones tan excesivamente simples de registro, archivo y control que pueden ser fácilmente realizadas por cualquier persona alfabeta, pueden ser fácilmente realizadas por el salario común de los trabajadores y estas funciones pueden y deben ser privadas de toda sombra de privilegios de cualquier semblanza de grandeza oficial". Aquí tenemos la fuente iluminada del pensamiento de Lenin que Gorbachov quiere rescatar señalando la necesidad de producir una comunidad en el interés del individuo con el de la sociedad a través de incentivos.

Así dice: "Y esa burocracia adquirió también demasiada influencia en todos los asuntos del Estado administrativo e incluso públicos. De más está decir que en esas condiciones las valiosas ideas de Lenin sobre gestión y autogestión, contabilidad de ganancias y pérdidas y *la vinculación entre los intereses públicos y personales no lograban aplicarse y desarrollarse adecuadamente*". (El destacado es mío.) Pero lo que realmente dice Lenin al respecto en *El estado y la revolución* es lo siguiente: "Todos los funcionarios sin excepción, elegidos y sujetos a ser llamados en todo tiempo, sus salarios reducidos al nivel de los salarios de los trabajadores comunes ... Estas simples y evidentes medidas democráticas en tanto que unen completamente los intereses de los trabajadores y la mayoría de los campesinos, sirven al mismo tiempo de puente entre el capitalismo y el socialismo".

Como puede apreciarse, el pensamiento de Lenin está dirigido hacia la igualación de los salarios sobre la base de la simplicidad de las labores que habrían de realizarse. En ese sentido señala que en la sociedad socialista tendría que manejarse todo como el servicio postal, de manera que nadie reciba un salario superior al del trabajador. Tales fueron el proyecto y la planificación previstos por Lenin; en eso consistía la que denominara la revolución proletaria, y así preveía lo siguiente: "Tal comienzo sobre la base de la producción en gran escala tenderá hacia la gradual marchitación de toda la burocracia". Pero eso es precisamente lo que después de 70 años de revolución proletaria no ha sucedido ya que la burocracia crecía en el medio de la problemática de la corrupción y la ineficiencia descrita por Gorbachov.

Donde habla Lenin de incentivos cuando precisamente declara que la producción en gran escala debe realizarse bajo la estricta disciplina férrea soportada por el poder del Estado de los trabajadores armados y más adelante sostiene que: "Las funciones de control y contabilidad al convertirse en más y más simples serán realizadas por cada uno a su turno...". En fin, un verdadero precursor del mundo moderno.

La guerra y la paz

Pero vayamos a otros aspectos de la propuesta de Gorbachov especialmente en lo que hace a la guerra. Con gran lucidez Gorbachov señala la imposibilidad de una guerra nuclear, pues en ella no hay vencedores ni vencidos y así descalifica el conocido principio de Clausewitz respecto a que la guerra es la política por otros medios. Hasta aquí estamos de acuerdo, pero, ¿acaso la imposibilidad de guerra nuclear como proyecto político elimina la guerra por otros medios, ya sea convencional o no convencional de violencia y terrorismo en los países del Tercer Mundo y más recientemente aun en los países democráticos de Occidente?

Creer que todo paso hacia la reducción de las posibilidades de la guerra nuclear significa un paso en el camino de la paz es una falacia en la cual ha caído Occidente y de la que participa a mi juicio el último acuerdo sobre misiles de mediano y corto alcance. De esta falacia se aprovecha Gorbachov, que tiene ahora para su prédica pacifista al *mass media* americano. Debiéramos recordar el discurso de Hitler sobre la paz en que le contestara la propuesta el presidente Roosevelt en 1939. Alemania también quería la paz.

Culpar a un exabrupto de Kruschev la predicción de que el comunismo enterraría al sistema capitalista es necesariamente olvidar o más bien ocultar los propios designios de Lenin. En su manifiesto de setiembre de 1914 "La Guerra y la Social Democracia Rusa" dice: "El desarrollo económico y político desequilibrado es la ley absoluta del capitalismo. Por tanto la victoria del socialismo es posible primero en algunos o en un país capitalista solamente. Después de expropiar a los capitalistas y organizar su propia producción socialista, el proletariado victorioso de ese país se levantará contra el resto del mundo —el mundo capitalista— atrayendo a su causa las clases oprimidas de otros países, promoviendo levantamientos en esos países contra los capitalistas y sus Estados... La abolición de las clases es imposible sin la dictadura de la clase oprimida, del proletariado. Una unión libre

de naciones en el socialismo es imposible sin una más o menos pro-
longada y encauzada lucha de las repúblicas socialistas contra los Estados atrasados". (Entiendo los no socialistas.)

La realidad de la imposibilidad de la guerra nuclear queda entonces por invertir el principio de Clausewitz que la política es la con-
tinuación de la guerra por otros medios. Pero el pensamiento de
Lenin en esta materia es aun más claro en "Informe sobre la Guerra
y la Paz" y allí dice: "El imperialismo internacional con la fuerza en-
tera de su capital, con su altamente organizada técnica militar, que es
una fuerza real, no puede vivir, bajo ninguna condición, al lado de la
República Soviética, tanto por la posición objetiva como por los intereses económicos de la clase capitalista que se configuran en él, no
puede hacer eso por sus conexiones comerciales, por las relaciones financieras internacionales. En esta esfera el conflicto es inevitable. Ahí
yace la mayor dificultad de la Revolución Rusa, su gran problema
histórico; la necesidad de resolver problemas internacionales, la
necesidad de llamar a una revolución internacional para atravesar el
camino de nuestra revolución estrictamente nacional a la revolución
mundial".

Es esa guerra la que siguiendo el pensamiento de Lenin sigue teniendo lugar en el Tercer Mundo y ya particularmente en nuestras
playas como en el caso de Centro América y de otros países de América del Sur. Y para esa guerra no hacen falta armas nucleares, son suficientes las armas convencionales, el terrorismo y la violencia. Y aquí
también el pensamiento de Lenin es claro y preciso. En 1918 Lenin
escribió dos ensayos al respecto cuyos títulos fueron *Miedo a la caída
de lo viejo y lucha por lo nuevo* y *Cómo organizar la competencia*, que
fueron finalmente publicados en 1929.[2] En el primero de éstos Lenin
escribió: "Nosotros hemos siempre sabido, dicho y enfatizado que el
socialismo no puede ser introducido, que él toma forma en el curso
de la más intensa, la más exacta lucha de clases, que alcanza alturas
de frenesí y desesperación y guerra civil; siempre hemos dicho que un
largo período de dolores de parto yace entre el capitalismo y socialismo; que la violencia es la partera de la vieja sociedad".

2   *The Lenin Anthology. Selected Edited and Introduced by Robert C. Tuck-
er.* Norton & Company, 1975

Imperialismo y capitalismo

En fin, Gorbachov tiene del sistema capitalista la misma percepción que Marx y Lenin sobre la explotación de las clases y la continuidad del imperialismo en el mundo en desarrollo. Así dice Gorbachov: "Sin embargo los países occidentales ricos siguen sacando provecho del neocolonialismo. Sólo en la década pasada los beneficios que las compañías estadounidenses obtuvieron de los países en desarrollo cuadruplicaron sus inversiones...". Es evidente que también en esta concepción Gorbachov sigue el análisis de Lenin en su ensayo *Imperialismo, etapa superior del capitalismo*. Allí con la misma sagacidad que lo caracteriza para predecir el curso de la historia, Lenin decía: "Mientras más se desarrolla el capitalismo, más fuertemente se siente la escasez de materias primas, más intensa la competencia y la caza por fuentes de materias primas a través del mundo, más desesperada la lucha por la adquisición de colonias". ¡Oh, cuánta sabiduría prevalece en el pensamiento de la Perestroika que no ha tomado conciencia de que el mayor problema que enfrenta el Tercer Mundo es el desinterés de los países industriales por explotarlo, bien sea para invertir en él, o para aceptar sus materias primas y alimentos que hoy son sustituidos por la tecnología que se ha constituido en la fuente por antonomasia del valor!

Si se ha generado una deuda externa enorme de estos países ha sido fundamentalmente por la intención de facilitarles la solución de problemas acuciantes de balance de pagos generados precisamente como consecuencia del aumento del precio del petróleo. Ésta no fue una decisión del mundo capitalista sino de la posición semimonopólica que sobre esta fuente de energía detentaban los países productores. Hoy esa situación se ha dado vuelta como consecuencia igualmente del desarrollo de la tecnología occidental de la que después de 70 años todavía no dispone la Unión Soviética como muy bien reconoce aunque a regañadientes su nuevo líder.

Es posible que a partir de la Perestroika se produzca un hálito de civilización en una sociedad en la que el despotismo de los zares fue sustituido por el totalitarismo de la dictadura del proletariado. El pueblo cambió de amos y hoy tenemos un nuevo zar más sofisticado que los remanentes de los excesos de Stalin. Pero ya hemos visto que aun las mejores intenciones fenecen ante las realidades de un sistema que realmente aliena al trabajador de su producto justificado en el principio de la generosidad. Y como señala Gorbachov en su libro *Perestroika*, el sistema no se cambiará, y la alternativa es que cambien los hombres y en esto sí la historia de la naturaleza humana, como bien describiera Hume en el siglo XVIII, se muestra mucho más renuente a modificarse.

3. EL FINAL DE LA HISTORIA COMO EL COMIENZO DE LA LIBERTAD

Francis Fukuyama publicó un interesante ensayo sobre los recientes desarrollos en Europa Oriental. La más reciente caída del Muro de Berlín es sólo una confirmación más del triunfo histórico de la democracia liberal sobre la visión totalitaria marxista del desarrollo histórico. Al respecto dice Fukuyama: "Lo que podemos estar presenciando no es simplemente el final de la Guerra Fría o el paso de un período particular de posguerra de la historia, sino el final de la historia como tal; ése es el punto final de la evolución ideológica del hombre y la universalización de la democracia liberal occidental es la última forma de gobierno humano."

Para sustentar su punto de vista con respecto al final de la historia, Fukuyama apela al historicismo de Hegel. En ese sentido trata de salvar el historicismo dialéctico de Hegel de la interpretación marxista para analizar el futuro desarrollo histórico del hombre. Según Fukuyama fue Hegel quien por primera vez dio la noción de que el hombre ha progresado a través de diferentes etapas, y esa noción "se ha tornado inseparable de la comprensión moderna del hombre". En consecuencia, para Fukuyama, Hegel, liberado de sus ataduras marxistas, es el filósofo de la historia. Mientras concuerdo completamente con Fukuyama en que hemos visto la victoria decisiva de la democracia libe-ral sobre el socialismo, ciertamente no estoy de acuerdo con esta restauración de Hegel.

Aceptar la dialéctica histórica significa la admisión de la guerra como determinante de la dinámica de la historia. En términos hegelianos, la guerra era el proceso ético de la humanidad mientras que el Estado, como un absoluto, era la idea divina en la forma en que se manifiesta en la Tierra. Marx, como hijo de la diabólica Revolución Francesa, pretendió usar la dialéctica para destruir el Estado desde adentro, para alcanzar finalmente el final de la historia en el reino de la abundancia y la eliminación del antagonismo social resultante de las contradicciones históricas del sistema capitalista.

Estos dos enfoques fueron las causas reales y subyacentes de la Segunda Guerra Mundial en el escenario europeo. Una confrontación similar tenía lugar en el continente asiático siendo China y Japón los principales actores en esa parte del mundo. La Operación Barbaroxa (la invasión alemana de Rusia) representó la colisión final de dos concepciones históricas diferentes. La guerra se peleó dentro de la previsión de Hegel y en ese sentido el filósofo de Stuttgart aparentemente prevaleció sobre el hombre de Treves. Pero la guerra fue ganada por la concepción política de la revolución como la entendió Lenin basado en la filosofía marxista de la historia.

El triunfo de Rusia sobre Alemania difícilmente pueda considerarse como un nuevo avance de la civilización en la sociedad. Un país atrasado sometió a una cultura mucho más avanzada. Luego las aspiraciones de la liberación del hombre borradas detrás de la Cortina de Hierro cuyo símbolo predominante fue el Muro de Berlín.

Podrá sostenerse que la guerra no fue ganada por Rusia sino por los anglosajones y en particular por la influencia determinante de los Estados Unidos. Pero entonces esa guerra no podrá ser interpretada en los términos de la filosofía de la historia de Hegel. Los Estados

Unidos fueron caratulados por Hegel como la nacionalización de los desnacionalizados. Y la intervención americana en Europa y Japón, más que representar la subrogación de un Estado por otro más avanzado, otorgó bienestar y libertad a los vencidos.

La propia concepción de la sociedad de los Estados Unidos es la antítesis del pensamiento histórico de Hegel. Podría decir que la evolución de la civilización occidental puede dividirse en antes y después de la Revolución Gloriosa de 1688. "No a los impuestos sin representación" significó la confirmación del comienzo, en este lado del Atlántico, de ese lujoso camino hacia la libertad que fue mejor descrito por la *Historia de Inglaterra* de David Hume. La caída del Muro de Berlín, siendo la victoria final de la democracia liberal sobre los socialismos dictatoriales, no se explica por el historicismo de Hegel ni por el espíritu absoluto. Por el contrario, es el triunfo final de Locke, Hume y Adam Smith sobre Hegel y Marx.

En ese sentido es completamente diferente afirmar, como lo hizo David Hume, que en algún momento histórico ciertas sociedades alcanzaron una etapa determinada, que proclamar un proceso determinista histórico de desarrollo en el cual la etapa siguiente es necesariamente mejor que la anterior. Solamente si aceptamos la teoría de Hegel según la cual la guerra es el factor determinante de la evolución histórica, sería válida la proposición de Hegel sobre el final de la historia. Pero precisamente comercio y no guerra es el nombre del juego cuando la paz es el sustrato necesario para la supervivencia humana. Y fue también una percepción de Hume cuando dijo que era más conveniente tener amigos ricos porque sólo de esa manera podría existir el comercio. Hume extendió al comercio internacional los beneficios de la mano invisible que Smith había descubierto para las relaciones humanas locales.

Eso no significa que como en el caso individual, los intereses particulares no vayan a chocar entre los diferentes países. Simplemente significa que el comercio será un medio mejor que la fuerza para hacer las paces. La caída del Muro de Berlín no fue el resultado de perder una guerra externa sino la consecuencia de una conciencia interna de que ese sistema político era incapaz de satisfacer las aspiraciones materiales y espirituales de su propia gente.

Es verdad que podemos ver un futuro que será muy diferente de lo que le pasó a la humanidad. Pero la dialéctica de Hegel, privada del instrumento de la guerra, es incapaz de proporcionar un marco de análisis para ese futuro. Será necesario entonces penetrar en el pensamiento de los filósofos liberales para tratar de moldear el futuro de la sociedad de acuerdo con las normas de la ley con la debida consideración de la naturaleza humana y la naturaleza real de la naturaleza.

XI. ETICA Y LA TRANSICION CUBANA

1. Las Pasiones y la Razón

Mi mayor preocupación respecto a la denominada "transición cubana" es ¿transición hacia dónde? Tengo la impresión de que todas las discusiones respecto a este tema se refieren únicamente a la forma en que ocurrirá otra transición, en tanto que el resultado final parece tomarse por dado. Ese resultado final por supuesto, es democracia y libertad, pero nadie se toma el trabajo de definir el significado de estas super politicamente correctas palabras. Fue Abraham Lincoln que una vez dijo: "Todos nos declaramos por la libertad; pero cuando la misma palabra no le damos igual significado... Aquí tenemos, dos cosas no sólo diferentes sino incompatibles denominadas con el mismo nombre, libertad". Yo podría decir que el mismo problema semántico surge respecto a la palabra democracia y podría añadir que esta confusión ha tenido una larga historia en el curso de la civilización occidental.

Retomando el tema de Cuba, me parece que existe la convicción de que tan pronto como Fidel Castro desaparezca, podemos esperar el retorno al paraíso. Bien, esto puede ser una exageración, aún cuando ciertamente es evidente que con Castro no hay solución posible. Pero su desaparición en el mejor de los casos es sólo el comienzo del camino. Fue Séneca quien dijo: "para aquéllos que no saben dónde van no hay viento favorable". Y cuando echamos un vistazo al panorama que presentan los procesos democráticos en América Latina, es evidente que no aparecen vientos favorables.

Estas palabras escépticas no deben ser interpretadas como un pesimismo irreducto. El pesimismo es determinante de la falta de acción, y esa actitud es decididamente ajena a mi actual disposición. Pero siguiendo a Séneca estoy tratando de encontrar hacia donde nos dirigimos a fin de lograr los vientos favorables. Cuba como he dicho siempre no es diferente del resto de América Latina, sino un caso extremo de los históricos fracasos democráticos en la región.

Permítaseme otra cita, en este caso de James Madison, el pensador Americano, que bajo la influencia de David Hume fue un factor determinante en la construcción de la democracia americana bajo el concepto de República. En la Carta 10 de El Federalista, Madison escribió respecto a la democracia:

> Una pasión o un interés común, en casi todos los casos, será sentido por una mayoría; una comunicación y concierto resultará de la propia forma de gobierno; y no hay nada que pueda coartar el incentivo a sacrificar al partido más débil o a un individuo indeseable. Por tanto tales democracias han sido siempre espectáculo de turbulencias y enfrentamientos; se han encontrado siempre incompatibles con la seguridad personal o con los derechos de propiedad; y han sido en general tan cortos en sus vidas como violentos en sus muertes. Políticos teóricos, que han patrocinado esta especie de gobierno han supuesto erróneamente que reduciendo la humanidad a una perfecta igualdad en sus derechos políticos, serían al mismo tiempo, perfectamente igualados y asimilados en sus posesiones, sus opiniones y sus pasiones [1].

Perdóneme la longitud de esta brillante cita, pero me parece que una vez que compartamos este criterio, es posible empezar a ser optimista, no solamente con la transición cubana, sino con la necesaria transición del resto del continente. Y podemos ser optimistas pues no es la naturaleza sino un sistema el que nos condena a las cadenas de la opresión y la pobreza. Una vez que aceptemos este pen-

1   James Madison, The Federalist Papers: Letter 10

samiento, podemos empezar el proceso cultural de desarrollar nuestras virtudes en la misma forma que lo hicieron los americanos.

Desafortunadamente nuestras percepciones respecto a nosotros mismos han ido de un extremo al otro. Hemos pensado que somos almas superiores provistas de sentimientos generosos que no están contaminadas del materialismo que parece dominar a los americanos. Ese fue el enfoque del uruguayo José Enrique Rodó en su Ariel, donde nos asociaba a Ariel y a los americanos a Calibán. No otro que José Martí había previamente pensado en esos términos románticos, y así aprendimos a justificar nuestros fracasos sociales con la convicción de que era el costo de nuestra superioridad espiritual. Si ese fuese el caso, no habría solución a nuestros males, porque ello implicaría el vender nuestra alma al diablo. Y hablando del diablo, hay otra explicación a nuestros fracasos propuesta por Max Webber concerniente a la superioridad del protestantismo sobre el catolicismo. Si la religión fuera la causa de las diferencias en el éxito político y económico, yo podría decir que no habría esperanza de una transición exitosa.

Mi propuesta es que hay esperanza precisamente porque ninguna de las dos explicaciones anteriores son válidas. Por una parte, porque no existe un conflicto irreductible entre la espiritualidad como tal, y el bienestar material, y tampoco es verdad que somos más espirituales que los americanos. Por la otra parte, la explicación Weberiana colisiona con la historia europea dado que el capitalismo se desarrolló en Inglaterra y no en la Alemania de Lutero. Permítanme decir que Argentina durante la segunda mitad del Siglo XIX fue la mayor contradicción a la tesis weberiana. Sin cambiar su religión, Argentina se adelantó a otros países anglosajones y protestantes como Canadá y Australia.

¿Dónde yace entonces las razones de la diferencia en resultados en Estados Unidos y América Latina? Antes de contestar esta pregunta clave, permítaseme cruzar el Atlántico y recordar algunos aspectos de la historia europea. Fue sólo después de la Revolución Gloriosa de 1688 que los ingleses comenzaron a liberarse de la opresión ejercida por los Tudor, los Estuardos y no olvidar al "Lord Protector", tal como lo muestra David Hume en su Historia de Inglaterra. Más aún debemos recordar que en la Segunda Guerra Mundial, Europa le presentó al mundo la alternativa de ser nazi o comunista y la democracia llegó a esas tierras de la mano de los tanques Sherman.

Después de estas reflexiones históricas, yo creo estar en condiciones de contestar la pregunta sobre las razones por las diferentes performances. El origen de estos diferentes desarrollos históricos se encuentra en el ámbito de la ética y sus fundamentos. Debemos por tanto empezar con lo que podría considerar el fundamento de la ética en el Phaedrus de Platón. Allí, Platón declara que el alma[2] se encuentra dividida en tres partes: un caballo blanco, un caballo negro y un auriga. El caballo blanco se supone representa el bien en el sentido de la razón, en tanto que el caballo negro representa el mal como resultado de las pasiones. Esta dicotomía falsa del bien y del mal ha llegado a nuestros días a través de la influencia de la filosofía moral Kantiana, tal como se expresa en el imperativo categórico en La Fundamentación de la Metafísica de las Costumbres.

Fue Aristóteles, no obstante, el primer filósofo que desafió el enfoque platónico de la moralidad racional. En su Etica a Nicómaco él admite que "el juicio se distingue por su falsedad o veracidad y no por su bondad o maldad"[3], por tanto, es de la mayor importancia el distinguir moralidad de razón, tal como Hume claramente explicó cuando escribió:

Dado que la moral, por tanto, tiene una influencia sobre las acciones y los afectos, consiguientemente no puede derivarse de la razón, y eso porque la razón por si sola, tal como lo hemos probado, no puede tener tal influencia. La moral exita a las pasiones, y produce o impide las acciones. La razón es obviamente impotente en este particular. Las reglas de la moralidad en tanto no surgen de las conclusiones de la razón [4].

En este enfoque -que coincide con el de Aristóteles- Hume reconoce la complejidad de la naturaleza humana donde las pasiones (o sentimientos) son partes de su humanidad tanto o más que la razón misma, y no

2   Plato, Phaedrus. This expression is in the words of Socrates
3   Aristotle, *Nichomachcan Ethics*
4   David Hume, *A Treatise on Human Nature, Book III on Morals*

su baja parte animal. Hume repite las palabras de Aristóteles cuando dice: "La razón es el descubrimiento de la verdad o de la falsedad...Las distinciones morales no surgen de la razón"[5]. Es en este sentido que Alfonse de Lamartine en su Historia de los Girandinos escribió respecto a los crímenes de la Revolución Francesa:

"Las teorías que repudian la conciencia son solo paradojas espirituales al servicio de las aberraciones del corazón... Todo lo que reduce partes de la sensibilidad del hombre, lo priva de una parte de su verdadera grandeza"[6].

Aquí encontramos lo que podemos considerar el *divortium aquarium* ético que surgió del iluminismo que en palabras de Kant, "fue el resurgimiento del hombre de su auto incurrida inmadurez. La inmadurez es la inhabilidad de usar nuestro propio entendimiento sin la guía de otro"[7]. En esta definición tenemos el origen de lo que Karl Popper denominó el optimismo epistemológico, que fue el punto de partida del desarrollo del conocimiento y de la ciencia. Desafortunadamente, a partir de Descartes surgió el racionalismo que es la absolutización de la razón como equivalente a verdad. La consecuencia principal de esta absolutización de la razón fue la racionalización de la moral en las manos de Kant, que nos devolvió a los principios del Phaedrus de Platón, lo que consideramos la desnaturalización de la humanidad.

En sus Principios Fundamentales de la Metafísica de la Moral, Kant dice:

De lo que se ha dicho, está claro que todas las concepciones morales tienen su asiento y origen completamente a priori en la razón, y que más aun, en la razón más común tanto tan verdaderamente como en aquella que está en el más alto grado especulativo; que ellas no pueden ser obtenidas por ninguna abstracción empírica, y por tanto un conocimiento mayormente contingente[8].

5   David Hume: *A Treatise on Human Nature, on Morals*
6   Alfonse de Lamartine, *Historia de los Girondinos*
7   Emmanuel Kant, *What is the Enlightenment?*
8   Emmanuel Kant, *Fundamental Principles of the Metaphysics of Morals*

De esta premisa Kant concluye que los principios dictados por la razón: "deben tener su fuente a priori y así su autoridad absoluta, esperando todo de la supremacía de la ley y el debido respeto por ella, nada de la inclinación o bien condenando al hombre a despreciarse a sí mismo y a su propia execración"[9]. Es con respecto a esta conclusión, de acuerdo a la cual el hombre se convierte en un autómata sin sentimientos, que Ayn Rand sabiamente lo condenó diciendo: "que lo que Kant proponía era la completa y abyecta creencia del propio sentido del ser: el sostuvo que la acción es moral solamente si se realiza por deber y no deriva beneficio alguno ya fuese material o espiritual: si uno deriva algún beneficio, la acción no es moral. Esta es la última forma de demandar que el hombre se convierta en un shmoo"[10]. Y así concluye que una moral no practicable se convierte en una excusa para cualquier práctica. No voy a insistir en el análisis de Ayn Rand sobre la filosofía moral de Kant, pero debe reconocerse que ella es la antítesis de aquélla que se encuentra en el corazón del reconocimiento ético de los derechos individuales.

2. Los Universales y las Políticas

La segunda divergencia de la llamada civilización occidental se refiere a la naturaleza de los universales. Esta es la cuestión fundamental que comenzó en Grecia y ha durado hasta nuestros días. Ella ha sido ignorada históricamente como consecuencia de la aparente dificultad de entender el significado de los universales y sus necesarias implicaciones políticas.

Comencemos por explicar la naturaleza de la discusión sobre los universales. No es mi propósito el entrar en la cuestión ontológica como tal, sino tan solo acerca de sus implicaciones políticas. No obstante, es necesario el conocer la naturaleza de la discusión a fin

9   Emmanuel Kant, *The Metaphysics of Morals*
10   Ayn Rand, *Philosophy Who needs it. Faith and Force*

de entender sus implicaciones políticas. Desde Platón en adelante, algunos han sostenido que los universales o las denominadas esencias, eran reales y una condición para la existencia de los particulares. Esa fue la posición sostenida por los realistas. Del otro lado de la cuestión se encuentra la posición nominalista, que sostiene que los universales son solamente abstracciones nominales para comprender mejor la naturaleza real de los particulares. Tal como dijera Alexis de Tocqueville, "las ideas generales no son una prueba de la fuerza de nuestra inteligencia, sino de su debilidad, pues no existen en la naturaleza seres iguales, ni hechos idénticos" [11].

Existen profundas implicaciones políticas resultantes de estos dos diferentes enfoques respecto a la naturaleza de los universales. Lo que podríamos denominar la filosofía política Franco-Germánica, después de Rousseau, cree en el realismo de los universales, en tanto que la Anglo-Americana se basa en el enfoque nominalista. Fue John Locke quien en su Segundo Tratado del Gobierno Civil desafió lo que se puede considerar el presupuesto de la perfección de los universales.

En el Primer Tratado de Gobierno Civil, Locke había negado el derecho divino de los reyes, pero en ese caso aparentemente estaba discutiendo la teoría del Leviatán de Thomas Hobbes. Hobbes había tratado de justificar la necesidad del poder absoluto de los reyes como la forma de controlar la naturaleza antisocial de los hombres. Así insistió en la realidad abstracta del Leviathan, y se cree había asimilado el patrón de comportamiento de Isabel I, y lo definió como al dios mortal inspirado por el dios inmortal. Es evidente que el argumento de Locke en este caso estaba más relacionado con la proposición de Hobbes y dijo:

> Pero yo deseo que quienes hacen esta objeción, recuerden que los monarcas absolutos son hombres, y si el gobierno es supuestamente el remedio para esos males que necesariamente surgen de que los hombres sean jueces en sus propios casos, y no se debe por tanto soportar el estado de naturaleza, es necesario saber que clase de gobierno es este y cuan mejor es que el

11   Alexis de Tocqueville, *Democracy in America*

estado de naturaleza, cuando un hombre a la cabeza de una multitud tiene la libertad de ser juez en su propia causa, y puede hacerle a sus súbditos todo lo que le plazca sin el menor cuestionamiento al control de aquellos que ejecutan su placer… Como si los hombres, apartándose del estado de naturaleza y entrado en sociedad, hubieran acordado que todos menos uno de ellos estuviera bajo la restricción de la ley; pero que el debía aun retener toda la libertad del estado de naturaleza, y hacerse licencioso impunemente. Esto es pensar que los hombres son tan tontos que se cuidan de evitar los daños que pueden hacer los gatos y los zorros, pero están contentos y piensan que es seguro el ser devorado por leones 12.

En argumentos anteriores Locke da las razones más importantes, para establecer la necesidad de limitar el poder político, mediante la ley, que garantizaría la libertad a través de la limitación del poder. Cerca de 80 años después, Jean Jacques Rousseau, superando en cierto sentido lo que en cierto sentido considero su período romántico del Discurso sobre la Desigualdad, y su amor por el "noble salvaje" entró en la escuela racionalista y publicó El Contrato Social. Viniendo de las antípodas de la nación de Hobbes sobre la naturaleza humana, Rousseau llega a similares conclusiones en sus conceptos de soberanía y de la voluntad general. Allí, dice: "Así como la naturaleza le da a cada hombre el poder absoluto sobre las partes de su cuerpo, el pacto social le da al cuerpo político, poder absoluto sobre sus miembros y es este poder que bajo la dirección de la voluntad general tendrá el nombre de soberanía." 13

La soberanía es el nuevo nombre del Leviatán y a través de ella retornamos al obvio realismo de los universales, tal como está bien expresado en el antropomorfismo de la soberanía rousseauniana. Percibimos entonces ese enfoque racional que le da al cuerpo político la naturaleza de hombres reales que lo componen y al hacerlo cada hombre se convierte en una parte de ese universal que es la soberanía. Por tanto Rousseau llega a la conclusión de que la mera idea de la distribución del poder es una falacia de composición que no nos lleva a ninguna parte y dice: "La soberanía formada únicamente por los in-

12   John Locke, *The Second Tratise of Civil Government*
13   Jean Jacques Rousseau, *El Contrato Social*

dividuos que la componen no tiene ni puede tener ningún interés contrario a ellos, consecuentemente no hay necesidad de que el poder soberano de garantías a los súbditos, porque es imposible para el cuerpo el querer dañar a sus miembros..." [14] De acuerdo a los mencionados principios que él rechaza la necesidad de dividir la soberanía contra el mejor juicio de Locke y Monstesquieu. Entonces, como la soberanía es indivisible él dice que aquellos autores: "hacen a la soberanía un ser fantástico que se pone en conjunto a través de varias piezas; es como si uno compusiera a un hombre de varios cuerpos, cada uno con ojos brazos o piernas y nada más... Después de haber desmembrado al cuerpo social mediante un pase de magia que merece ser de una feria, ellos reúnen de nuevo las piezas de una manera conocida sólo por ellos mismos" [15]

Las citas anteriores nos dan la esencia de lo que se ha llamado razón de estados (raison d'etat), que es evidentemente la fuente de la tiranía, dada que la soberanía ha sido provista de impunidad bajo el supuesto falso de que no puede hacer daño a los individuos y que no tiene otro interés que el bien común. Siguiendo a Rousseau llegó Kant, quien consideraba a Rousseau el Newton de las ciencias morales. Así en su teoría del derecho que es parte de la Metafísica de la Moral, Kant expande sobre la impunidad de la soberanía. Así dice: "el poder legislativo puede pertenecer solamente a la voluntad unida del pueblo. Dado que todo derecho se supone que emana de este poder, las leyes que él promulga deben de ser absolutamente incapaces de hacerle una injusticia a nadie" [16]. Podemos ver que Kant ahora ha incluido otro universal como fuente del poder político: el pueblo. Así, hemos dado una vuelta de 360°, desde el derecho divino de los monarcas hemos caído en las manos del derecho divino de los pueblos.

No obstante, la aparente aceptación de Kant de la división del poder, ella no disminuye su decisivo reconocimiento de las prerrogativas del poder supremo. Perdónenme por esta larga cita que sigue, pero pienso que las palabras de Kant en el ámbito político son la fuente del absolutismo racional, que fuera el fundamento filosófico

14,15   Jean Jacques Rousseau, *El Contrato Social*
16   Emanuel Kant, *La Metafísica de la Moral, La teoría del Derecho*

de los sistemas totalitarias, que se convirtieran en los Atilas del siglo XX. Dice Kant: "Dado que el pueblo debe claramente ser considerado como unido bajo una voluntad general legislativa, antes de que puedan hacer un juicio correcto sobre el poder más alto dentro del Estado, no pueden hacer ningún juicio que no sea aquel que es querido por la cabeza del Estado en ese momento. Una ley que es tan sagrada, que es prácticamente un crimen aun el tener dudas sobre ella y así suspender su efectividad aunque fuera por un instante, no puede pensarse como proveniente de seres humanos, sino de un infalible supremo legislador. Eso es lo que significa el decir que toda autoridad viene de Dios, la cual no es una derivación histórica de la constitución civil, sino una idea expresada como un principio práctico de la razón. De aquí sigue la proposición de que el soberano de un estado tiene solamente derechos en relación a los súbditos y no deberes coercibles ... Aun la actual Constitución no puede contener ningún artículo que pueda hacer posible para algún poder dentro del estado el resistir o controlar al ejecutivo supremo, en los casos que él violara la Constitución" [17]. Es obvio que los principios anteriores son la base fundamental del absolutismo que finalmente a través de Hegel y Marx dieron lugar los regímenes nazi y comunistas como sucesores de los jacobinos, que estaban habilitados como el poder supremo bajo la regencia de la diosa razón. Evidentemente esta filosofía es la antítesis de los principios que son la base de la sociedad liberal o abierta, como fuera concebida principalmente por Locke y Hume. Volviendo al Segundo tratado del Gobierno Civil: "Esta liberación del absoluto y arbitrario poder es tan necesaria y tan relacionada con la preservación del hombre, que no se puede renunciar a ella sin perder su preservación y su vida conjuntamente." Locke entonces con una conciencia plena del carácter de los gobiernos y de los legisladores, está en completo desacuerdo con la idea de un poder supremo y arbitrario y defiende el derecho de los súbditos, contra la arbitrariedad de los gobernantes. Así dice: "La autoridad legislativa o suprema no puede asumir para sí misma el poder de regular mediante decretos extemporáneos y arbitrarios, sino que está limitada a

---

17   Emanuel Kant, *La Metafísica de la Moral, La teoría del Derecho*

dispensar justicia y decidir el derecho de los súbditos mediante leyes vigentes y jueces autorizados... En tanto que, suponiendo que ellos se han sometido al poder arbitrario absoluto de la voluntad de un legislador, se han desarmado y lo han armado para hacer caza de ellos cuando aquel le pluguiera". [18]

Podemos ver entonces que este enfoque es el opuesto conceptual al Leviatán que surge de las teorías políticas de Hobbes, Rousseau y Kant. Locke es aun más específico en favor de los derechos de los súbditos cuando escribió: "el poder supremo no puede tomar de ningún hombre ninguna parte de su propiedad sin su consentimiento... Por tanto es un error el pensar que el poder supremo o legislativo de cualquier sociedad civil puede hacer lo que le plazca y disponer de la propiedad de los súbditos arbitrariamente o tomar una parte de ella a su voluntad."[19] La mera idea de que la naturaleza del gobierno está sostenida en la necesidad de evitar la posibilidad de que alguien pueda ser juez en su propia causa significa que los derechos existen como tales antes del gobierno. Por tanto, es la obligación de los gobiernos proteger esos derechos que son la vida, la libertad, la propiedad y el derecho del hombre a búsqueda de su propio felicidad. Estos derechos, tal como Ayn Rand dijera, han sido ignorados por los europeos que creen en la Razón de Estado.

3. Intereses privados e intereses generales

El otro punto básico que define la diferencia entre la sociedad abierta y los sistemas totalitarios es la naturaleza moral de los intereses privados. En la sección anterior explicamos las implicaciones políticas de los argumentos con respecto a la naturaleza real o nominal de los universales. Aquí vamos a analizar las implicaciones políticas de la calificación moral de los intereses privados con respecto al interés general. Este problema está profundamente relacionado con la controversia

18, 19   John Locke: *Second Treaty on Civil Government*

acerca de los universales dado que la posición realista se basa en el presupuesto de que los gobiernos están liberados de la falibilidad del hombre, que aparentemente sólo estaría presente en los intereses privados. Es obvio que la apreciación de Locke con respecto a los derechos individuales como una precondición de la libertad, necesariamente reconoce la moralidad *iuris tantum* de los intereses privados. Podemos decir, entonces, que la mera idea de los derechos individuales es la expresión jurídica de la calificación moral de los intereses privados.

Comenzando con Hobbes, el prespuesto de que el hombre es un lobo para el hombre, es en realidad el reconocimiento de que no hay racionalidad como contenido moral en el interés privado. Esto es así a pesar de que Hobbes consideraba que el poder absoluto era una condición necesaria para la defensa de los derechos privados. Al mismo tiempo, su aparente adherencia al nominalismo se descalifica como tal por su Leviatán que ignora el interés privado que prevalece en el poder absoluto. Del otro lado del Canal de la Mancha, Jean Jacques Rousseau, basado en el presupuesto opuesto de la naturaleza humana, arriba a una conclusión similar respecto al antagonismo entre los intereses privados y el interés general. Rousseau había previamente arribado a la conclusión de que la naturaleza del hombre había sido corrompida por la sociedad como lo explica en su discurso La Revolución de las Ciencias y las Artes ha sido favorable a la purificación de la moral? y su respuesta fue negativa. Más tarde, en su discurso sobre la desigualdad de los hombres, culpó a la propiedad privada por ese resultado.

Fundado en estos dos presupuestos, él escribió el Contrato Social, donde claramente estableció el antagonismo necesario entre los intereses privados y el interés general. Así escribió: "Porque la voluntad individual por su naturaleza tiende a la parcialidad y la voluntad general tiene hacia la igualdad". [20]

Por tanto, Rousseau sostiene que "el pacto social requiere que cada individuo renuncie sólo a aquella parte de su poder, posesiones y libertad que es importante para la comunidad controlar. Pero también debe ser reconocido que la soberanía es la única jueza respecto a

20   Jean Jacques Rousseau, *El Contrato Social*.

tal importancia" [21]. Basado en este supuesto, sostiene que a través del absolutismo de la soberanía cambia independencia por seguridad. Esta es la conclusión opuesta a Locke con respecto a los límites necesarios al poder político a fin de mantener la libertad individual. Pero más aún Rousseau es quien origina la idea para que la sociedad sobreviva es necesario cambiar la naturaleza humana, o sea lo que más tarde fue proclamado por los marxistas como la necesidad de crear al hombre nuevo. Rousseau escribió: "Cualquiera que se atreve a hacer la tarea de instituir una nación debe sentirse a sí mismo como capaz de cambiar la naturaleza humana, por así decir de transformar cada individuo que por sí solo es un todo completo y solitario en una parte de un todo mayor del cual en un sentido recibe su vida y su ser." [22] De esta manera Rousseau al rechazar la naturaleza humana como tal, no sólo niega la moralidad de los intereses privados, sino que transfiere la mera razón de ser a un universal que puede ser denominado el estado o la razón. Por tanto el individuo no tiene derechos per se, sino privilegios concedidos por la soberanía.

Tal como Kant sostuviera más tarde, Rousseau piensa que "las fuerzas que mueven al Estado son entonces simples y vigorosas: sus principios son claros e iluminadores; no hay confrontación ni conflicto de interés; el bien común es siempre tan obvio que puede ser visto por cualquiera con sentido común." [23] Aquí encontramos el origen de la filosofía moral kantiana y por tanto el imperativo categórico. De nuevo Rousseau considera que en este presupuesto antagonismo entre el interés privado y el interés general: "mientras mejor constituido está el estado, más los asuntos públicos toman precedencia sobre los negocios privados en la mente de los ciudadanos." [24] Este es ciertamente el punto inicial par ala deificiación del Estado que a través de Kant, alcanza su altura más elevada en la mente de Hegel. Y por esa misma razón, Rousseau también pensó que la autoridad suprema no puede ser ni modificada ni alienada; el limitarla el destruirla. "Es absurdo y contradictorio que la soberanía se dé a sí misma un superior."[25] En este presupuesto, Rousseau deja de lado cualquier rol para el *rule of law* (la norma jurídica) y desde luego no existe tampoco

21   Jean Jacques Rousseau, *El Contrato Social.*
22, 23,   íd
24, 25,   íd

ninguna función para que la Suprema Corte sea guardiana de los derechos individuales.

Sobre los hombros de Rousseau y Kant, Hegel desarrolla aun más el absolutismo del poder a través de su deificación final del Estado. De acuerdo a Karl Popper, el colectivismo radical de Hegel, donde el Estado es todo y el individuo es nada, proviene de Platón, pero yo pienso que él le debe aún más a las ideas de Rousseau y Kant, respecto a la racionalidad y la moralidad. Fue Kant en su *Idea para una Historia Universal con un Próposito Cosmopolita*, quien primero desarrolló la idea de la razón en la historia y el antagonismo en la historia como la dialéctica dinámica de la historia. Allí escribió: "El único escape para un filósofo, dado que no puede asumir que la humanidad sigue un propósito racional propio en sus acciones colectivas, es el intentar descubrir un propósito en la naturaleza detrás del curso sin sentido de los eventos humanos y decidir si después de todo es posible el formular en términos de un plan definido de la naturaleza una historia de las criaturas que actúan sin un plan propio", y en su cuarta proposición, escribe: "El medio que emplea la naturaleza para lograr el desarrollo de las capacidades innatas es del antagonismo dentro de la sociedad en tanto como ese antagonismo se convierte en el largo plazo en un orden social gobernado por la ley".

No hay dudas de que fue del pensamiento de Rousseau y Kant que Hegel desarrolló su filosofía de la historia así como su filosofía del Estado que están decididamente interralacionadas a través de la razón dialéctica. Así escribió: "Lo universal se encuentra en el estado; el Estado es la Divina Idea, tal como existe sobre la tierra... El Estado es la marcha de Dios a través del mundo" [26]. Hegel estableció el absolutismo de la razón y racionalizó el colectivismo a través del Estado y la supuesta moralidad de las burocracias como representantes del interés general contra lo que denominó la concupiscencia de las corporaciones. Así el Estado es la idea misma de la ética y en su Filosofía del Derecho dice: "El Estado es la realidad de la Idea ética". Siguiendo este juicio, descalifica a los intereses privados y dice: " Si el

26   Wilhem Hegel, *La teoría del Estado*

Estado es confundido con la sociedad civil y su fin específico se traduce como la seguridad y protección de la propiedad y de la libertad individual, entonces el interés del individuo como tal se convierte en el fin último de su asociación y consecuentemente la pertenencia al Estado sería algo opcional." [27]

Esta es la razón por la cual sólo aquellos que se preocupan por el interés general son morales y ese es el caso de la burocracia que él considera la clase universal. Y escribió: "La clase universal o más precisamente la clase de los servidores civiles debe puramente en virtud de su carácter como universal tener el universal como el fin de su actividad esencial"[28]. No es el propósito de este ensayo el analizar la filosofía de Hegel, sino aquellos aspectos relacionados con la idea de la moralidad de los intereses privados y los derechos individuales consecuentes. Para tal propósito es importante recordar su teoría de la alienación de acuerdo a la cual la existencia es percibida como auto-conciencia: "Esta conciencia implica el dualismo de los hombres entre los finito y lo infinito, entre lo particular y lo universal. Así el individuo encuentra la atención entre su propio ser y él como parte de una totalidad, cual es su naturaleza como ciudadano." [29] Esto significa que él enfrenta un mundo en el cual él es el otro y así es objetivado y se siente alienado en la sociedad.

Entre las consideraciones concernientes a lo que Hegel denomina la negación de la negación, mediante la aceptación del carácter fenomenológico del mundo, él sostiene que el estado es la racionalidad que representa el espíritu absoluto y subsume al individuo en los designios dialécticos de la Idea. Podemos ver en esta filosofía el rechazo de los derechos individuales y en particular el derecho del hombre a la búsqueda de su propia felicidad; así también ignora la naturaleza real humana en favor de una racionalización que privando al hombre de su derecho a la búsqueda de la felicidad de hecho destruye la posibilidad de la libertad y por tanto de la creación de riqueza.

Esta filosofía moral es exactamente el opuesto al enfoque de Hume, de acuerdo al cual la razón nada tiene que ver con la moralidad, que está en el ámbito de las pasiones. Así sostuvo que: "Bien

27 Wilhem Hegel, *La fenomenoligía del espíritu*
28, 29   íd

fuera que la pasión del interés propio pueda estimarse viciosa o virtuosa, daría lo mismo, dado que ella sola es lo que lo restringe. Así si es virtuosa, los hombres se hacen sociales por su virtud; si es viciosa, su vicio tiene el mismo efecto"[30]. Dado este realismo sobre la naturaleza humana, Hume distingue entre la moral y la justicia y en consecuencia sostiene que la estabilidad de la sociedad depende de la seguridad en la posesión, la transferencia por consenso y el cumplimiento de las premisas.

Más aún, Hume se da cuenta que si los hombres fueran benevolentes y la naturaleza generosa, la misma idea de justicia desaparecería, porque sería inútil. Esa es la razón también por la cual el claramente expone que "en general puede afirmarse que no existe esa pasión en la mente humana, como el amor a la humanidad como tal, independientemente de las cualidades personales de los servicios o de relaciones entre nosotros. Es verdad que no existe un ser humano o bien una creatura sensible cuya felicidad o miseria no nos afecte en alguna medida cuando está cerca de nosotros y representada en vivos colores"[31]. El pretender lo opuesto es universalizar sentimientos particulares que realmente existen en la naturaleza humana. Eso es una racionalización como una suerte de romanticismo político que ha sido la fuente de mucho de la demagogia en la lucha por el poder.

4. El Enfoque Marxista

Fue Karl Marx quien usando la dialéctica Hegeliana, arribara a conclusiones filosóficas contrarias, que en la práctica desarrollaron otro sistema totalitario. Engels a su vez dijo que dado que Hegel había alcanzado el más alto nivel de la filosofía alemana, la única alternativa era el discutirlo desde dentro de su sistema. Consecuentemente Marx trató y tuvo éxito en colocar la filosofía hegeliana patas para arriba. Tal cual escribiera Von Misses, Marx creía que él sabía mejor que Hegel los deseos del Geist. Así aceptando al igual que

30   David Hume, *A Treatise on Human Nature*
31   íd.

Hegel y Kant que el antagonismo es la fuerza impulsora de la historia, Marx sostuvo que realmente la historia del mundo no era la guerra entre los estados sino la lucha de clases.

Hegel llevó a sus últimas consecuencias la teoría de Kant del antagonismo y predijo un proceso dialéctico de guerra interminable entre los estados y el ganador sería el que mejor leyera los designios de Dios. Marx, por el contrario, decidió que la historia no tiene nada que ver con Dios y que el proceso dialéctico del antagonismo entre las clases alcanzaría al final una síntesis en la que el proletariado sería el universal real. Esa era la etapa final del comunismo, en la cual, la libertad habría sido alcanzada por la superación de la escasez, que no era un hecho natural sino el resultado de una forma particular de producción establecida por la burguesía. Esa fue la teoría de la explotación del hombre por el hombre, de acuerdo a la cual los trabajadores eran privados del valor de su producto por los capitalistas.

Para Marx por tanto la teoría de Estado de Hegel era otra racionalización filosófica que trataba de explicar y justificar la situación fenomenológica vigente. En su *Crítica a la Filosofía del Estado* de Hegel, Marx argumenta que el estado da la prueba del antagonismo de las clases y el representa la maquinaria para imponer la li-bertad de la burguesía a expensas de la explotación de la clase trabajadora. Al mismo tiempo, Marx critica la supuesta ética de la burocracia como representante del interés general y escribió: "La trascendencia de la burocracia puede solo significar que el interés universal se convierte en el interés particular en realidad y no como con Hegel meramente en el pensamiento y la abstracción. Para el burócrata individual, el propósito del estado se convierte en su propósito privado de buscar posiciones más altas y hacer una carrera para sí." [32] Así la filosofía de Marx no solamente es anárquica, sino realmente dictatorial, tal como fue puesta en teoría y en la práctica por Lenín.

El aspecto fundamental del marxismo es el polilogismo y su falsa teoría de la explotación como la base de la propiedad privada. Así surge otra clase de colectivismo que incorpora todas las consideraciones éticas respecto a las cuales la naturaleza del hombre debe ser

---

32 Karl Marx, *Fewasbachian Criticism of Hegel: Civil Society and Burocracy: On Hegel's*

seguida por un hombre nuevo que eliminaría la escasez en un mundo de verdadera libertad. Esta clase de cielo en la tierra vendría después que la dictadura del proletariado hubiera expropiado a los expropiadores. Tal como dijera Karl Popper, la filosofía de Marx fue la peor clase de historicismo o determinismo histórico. El todavía prevalece en el mundo no obtante la implosión del imperio soviético y el derrumbe del muro de Berlín.

La Social Democracia, representada por Eduard Bernstein, ha sido la sucesora del marxismo después de haber sido salvada por los americanos del nazismo y del comunismo en la Segunda Guerra Mundial y durante la llamada guerra fría, el sufragio universal tal como había sido predicho por Bernstein en *Las Precondiciones del Socialismo* ha tenido éxito para propiciar que la social democracia prevaleciera en Europa, aún en gobiernos supuestamente de derecha. Así, en consecuencia no podemos sorprendernos del presente antagonismo entre Europa y Estados Unidos, que es sólo el reflejo de la profunda diferencia en las filosofías políticas.

5. El Constitucionalismo vs. La Regla de la Mayoría

En las secciones previas hemos explicado las dos filosofías políticas morales opuestas que surgieron del iluminismo y que pueden llamarse colectivismo e individualismo. En esta vamos a analizar la importante contribución de la filosofía política americana, que convirtiera a Estados Unidos en más exitosa sociedad en la historia en solamente doscientos años. Podemos decir que fue en Estados Unidos donde se desarrollaron los principios fundamentales del constitucionalismo. En *El Federalista* encontramos los principios fundamentales de la República sujeta al *"rule of law"* (la regla de derecho). Esos principios que son la base de la sociedad americana, son ignorados o aun peor despreciados mayoritariamente en el resto del mundo incluyendo América Latina.

El significado real de la Regla de Derecho es el cambio de las relaciones entre el gobierno y los gobernados, o sea los ciudadanos. Por tanto la Regla de Derecho es la antítesis de la Razón de Estado, y conforme a ella, se produce un cambio fundamental respecto al rol de los gobiernos y los límites del poder político, tal como dijera Madison: "En Europa se dan cartas de libertad por el poder. América ha establecido el ejemplo de conceder cartas de poder por la libertad"

El carácter más importante de la República Americana es el *"Bill of Rights"* (Derechos y Garantías) que está basado en el presupuesto de que el fin del gobierno es la justicia, que es la protección de los derechos individuales. La característica más distintiva al proceso democrático es la conciencia plena de la falibilidad humana. Así en la Carta 2 de *El Federalista*, Alexander Hamilton escribió: "…una peligrosa ambición más a menudo yace detrás de la espaciosa máscara del celo por los derechos del pueblo." [33] Con respecto a esta percepción sobre la naturaleza humana, Jack N. Raskove en su Original Meanings (Significados Originales) dice en relación a Madison: "Le tomó una década de experiencia bajo la constitución del estado al exponer el triple daño que tanto alarmara a Madison en 1787: primero, que el abuso del poder legislativo era más ominoso que las acciones arbitrarias del ejecutivo; segundo, que el verdadero problema de los derechos era proteger menos a los gobernados de sus gobernantes que defender a las minorías y a los individuos contra las mayorías facciosas populares actuando a través del gobierno; y tercero, que las agencia del gobierno central eran menos peligrosas que el despotismo local y de los estados." [34]

Podemos ver entonces que la mayor preocupaciuón de los Padres Fundadores era la protección de los derechos individuales que eran la vida, la libertad, la propiedad y el derecho del Hombre a la búsqueda de su propia felicidad. Este último, que ha sido ignorado o descalificado en el resto del mundo (Europa y América Latina incluidas) es de la mayor importancia, porque el significa la valoración ética de los

33   Alexander Hamilton, The Federalist Papers: Letter 2
34   Jack N. Raskove, *Original Meanings*

derechos privados. Jamás en la mente de los Padres Fundadores habría estado la idea de que estaban creando un sistema económico denominado capitalismo, sino, una nueva organización política sin precedentes, cuya mayor contribución fue la conciencia de la falibilidad humana, tal como había sido reconocida en el cristianismo.

Este principio fue ciertamente de la filosofía moral de Hume, que escribió: "Pero es evidente, que la única razón por la cual la extensa generosidad del hombre, y la perfecta abundancia de todo, destruiría la mera idea de la justicia es porque la haría inútil"[35]. Sobre la base de este análisis, así como del "descubrimiento" de Locke de que los monarcas también son hombres, Madison escribió en la Carta 51 de *El Federalista*:

"¿Pero qué es gobierno mismo sino la mayor reflexión sobre la naturaleza humana? Si los hombres fueran ángeles ningún gobierno sería necesario. Si los ángeles fuera a gobernar a los hombres, no serían necesarios controles internos y externos al gobierno. Al constituir un gobierno que va a ser administrado por hombres sobre hombres la gran dificultad yace en lo siguiente: se debe primero capacitar al gobierno para controlar a los gobernados; y en segundo lugar obligarlo a controlarse a sí mismo. La dependencia en el pueblo es sin duda un control primero sobre el gobierno, pero la experiencia ha enseñado a la humanidad la necesidad de otras precauciones auxiliares".[36]

En la cita anterior podemos encontrar la diferencia evidente entre las filosofía política y moral americana y la Franco-Germánica tal como lo expresa Montesquieu, Rousseau, Kant, Hegel y finalmente Marx. Aquí encontramos los fundamentos de esa filosofía. En primer lugar, el reconocimiento de la fragilidad humana tanto en los gobernantes como en los gobernados. Esta es la razón por la cual se necesitan los gobiernos en primera instancia porque como dijera Locke, sin ley no hay libertad, porque la misma idea de justicia, es la libertad bajo la ley. Pero al mismo tiempo -y esta es la contribución americana a la filosofía política- hay auto control del gobierno a través del rol de la Suprema Corte como garante de los derechos individuales. Es desde la esencia de la "regla de derecho" de que esta es aplicable

35   David Hume: *A Treatise on Human Nature*
36   James Madison, *The Federalist Papers: Letter 51*

también al gobierno, que no es una entelequia sino una administración de hombres sobre hombres.

Otro aspecto fundamental es la importancia relativa dada al sufragio universal como un medio de control del gobierno y así Madison también dijo: "En una sociedad bajo cuya fuerza la facción más poderosa puede fácilmente unirse y oprimir a la más débil puede realmente decirse que reina la anarquía así como en el estado de naturaleza, donde el individuo más débil no está seguro frente a la violencia del más fuerte." [37] Es evidente, entonces, que el sistema está basado en el presupuesto de que las mayorías no pueden violar los derechos individuales, como Locke había postulado y entonces la idea de los derechos constitucionales es el límite del poder de las mayorías. Cuando las mayorías gobiernan, no existe el derecho y de hecho no hay constitución.

Más aún, Madison había expresado la necesidad de precauciones adicionales para limitar el poder político. Y escribió: "En un gobierno libre, la seguridad de los derechos civiles debe ser la misma que la de los derechos religiosos. Consiste en el primer caso en la multiplicidad de intereses y en el otro, en la multiplicidad de sectas." [38] Podemos ver en esta cita el diferente enfoque respecto al interés privado, que no es contrario al interés general. Es decir, la moralidad implícita en el interés privado se convierte en la razón para la protección de los derechos civiles, frente a la arbitrariedad de las mayorías actuando a través de los gobiernos.

Al mismo tiempo, la libertad religiosa fue aceptada sobre bases similares. Esta fue la primera vez que un país pasó de la tolerancia religiosa a la libertad, y aceptó la sabiduría de Adam Smith, que en *La Riqueza de las Naciones* había establecido el principio de que la libertad religiosa depende de la multiplicidad de sectas. Esto fue un gran logro en el camino hacia la sociedad abierta porque la religión había sido la fuente de los gobiernos déspotas. En ese sentido, Adam Smith había dicho en su *Teoría de los Sentimientos Morales*:

La administración del gran sistema del universo, así como el cuidado de la felicidad universal de todos los seres racionales y sensibles es el ne-

37 James Madison, *The Federalist Papers: Letter 51*
38 íd.

gocio de Dios, no del hombre. Al hombre le ha sido otorgado un departamento mucho más humilde, pero mucho más adecuado a la debilidad de sus poderes y a la estrechez de su comprensión: el cuidado de su propia felicidad.[39]

De nuevo, el derecho del hombre a la búsqueda de la propia felicidad es un principio moral y es la obligación del gobierno el proteger ese derecho. Esto es lo contrario al derecho ilimitado de las mayorías, que ha sido el carácter principal de los procesos democráticos en América Latina y por ello es que Madison también dijo: "Un despotismo electivo no es el gobierno por el que luchamos"[40]. Vemos, entonces, que la Constitución y el Bill of Rights son los límites al poder político. Y podemos decir que la libertad no es otra cosa que la limitación del poder político. Por tanto, tal como Locke había ya dicho en su *Segundo Tratado del Gobierno Civil*, la legislatura no podía ser arbitraria con respecto a la vida y la fortuna de las personas. Cualquier ley que viola los principios establecidos en el Bill of Rights es necesariamente inconstitucional. En ese sentido, Alexander Hamilton en la Carta 78 de *El Federalista* dice: "Por tanto, ninguna ley de la legislatura contraria la Constitución puede ser válida. El negar esto sería afirmar que el representante es más importante que su mandante; que el servidor está por encima de su señor y que los representantes del pueblo son superiores al pueblo mismo".[41] Y continúa Hamilton: "una Constitución es de hecho y debe ser considerada por los jueces como una ley fundamental". Este fue el principio que en la práctica decidió la viabilidad de los gobiernos democrácticos y fue decidido como tal en 1803 por el Juez John Marshall en el famoso caso de Marbury vs. Madison. Allí estableció: "...todos aquellos que han aceptado una Constitución escrita, la consideran como formando la ley fundamental y más importante de la Nación, y consecuentemente la teoría de cada uno de esos gobiernos debe de ser que una ley de la legislatura que repugna a la Constitución es nula... Es enfáticamente el ámbito y el deber del Departamento Judicial el decir qué es la ley. Aquellos que aplican la norma a casos particulares deben necesariamente ex-

---

39   Adam Smith: *Teoría de los Sentimientos Morales*
40   James Madison, *The Federalist Papers: Letter 51*
41   Alexander hamilton, *The Federalist Papers: Letter 78*

poner e interpretar esa norma. Si dos leyes están en conflicto una con la otra, las cortes deben decir sobre la operativa de cada una... Si entonces las cortes deben considerar la Constitución, y la Constitución es superior a cualquier ley ordinaria de la legislatura, la Constitución y no esa ley ordinaria debe regir el caso al cual las dos se aplican."

6. El camino para liberar América Latina de sus liberadores

En 1910 Luis Alberto de Herrera escribió un libro, *La Revolución Francesa y Sudamérica* y allí dijo: "Los dogmas inflexibles de la Revolución Francesa mandaban estrellarse contra la realidad. En su nombre y por su orden, cada sociedad americana ha caído y continúa cayendo en el abismo institucional del fraude que nos lleva a la guerra civil". *Mutatis mutandi*, esta observación más que explica los continuos fracasos de los procesos democráticos en América Latina durante el siglo XX y que amenaza repetirse en el tercer milenio.

Evidentemente, tal como descubriera Herrera, nuestros fracasos históricos resultan del error original de confundir la Revolución Americana con la Revolución Francesa que fueron en la realidad antitéticas. Más aun, nosotros ignoramos la Revolución Gloriosa de 1688 en Gran Bretaña, regida por los sanos principios de John Locke, tal como se expresaran en su *Segundo Tratado del Gobierno Civil* y el la *Carta concerniente a la tolerancia*. Por tanto, la democracia en América Latina bajo la *aegis* del contrato social fue el ámbito de la regla de la mayoría, ignorando el mayor logro de la civilizción que fue el reconocimiento de los derechos individuales: vida, libertad, propiedad y la búsqueda de la felicidad.

La alternativa al contrato social que a través del Manifiesto comunista llevó al comunismo fue el *Leviatán* que fuera representado, tal como lo expresara Thomas Hobbes, por el Estado que era el dios mortal, inspirado por el Dios inmortal. América Latina, entonces, cambió a través de su independencia del derecho divino de los reyes al derecho divino de los pueblos. Nadie se dio cuenta del hallazgo importante de Locke respecto al históricamente ignorado hecho de que los monarcas también eran hombres. Esa fue la confusión que tan sabiamente explicara Juan Bautista Alberdi en su *Conferencia de Luz del Día*, respecto a la diferencia entre la libertad externa (independencia) y la libertad interna como libertad individual. Así dijo: "¿Cuál es la condición de la libertad latina? Es la libertad de todos refundida y consolidada en una única libertad colectiva y solidaria, que es exclusivamente ejercida por un emperador o un zar libertador. Es la libertad del país personalizada en su gobierno y el gobierno entero personalizado en un hombre." Y Alberdi sugirió: "Sudamérica será libre cuando se libere de sus liberadores". Esta distinción entre la libertad externa o independencia de gobiernos extranjeros o la libertad interna como derechos individuales es de la mayor importancia para comprender las causas de los fracasos en América Latina. Como ejemplo podemos tomar en cuenta que Puerto Rico no es independiente, pero los portorriqueños son libres, en tanto que Cuba es independiente pero los cubanos no son libres.

Evidentemente el padre de la Constitución argentina de 1853 se había percatado de la diferencia entre la filosofía política francogermana y angloamericana, las cuales como señalara Balint Vazonyi, son tan diferentes como el día y la noche. Desafortunadamente, aun en esta etapa de la historia, no nos hemos percatado de esta obvia contradicción e insistimos en la falacia de valores compartidos en la historia de la civilización occidental. Argentina en 1853 eligió la filosofía política angloamericana y en sólo 50 años, a principios del siglo XX, se había desarrollado como el octavo país más rico del mundo. Ese no fue el caso del resto de los países de América Latina que continuaron enfrentados entre el Contrato Social y el Leviatán.

Mi mayor preocupación es no solamente que América Latina ignora esta posición entre estas filosofías, sino que el mundo entero parece padecer de esta confusión filosófica, en tanto que la llamada globalización se convierte en la nueva filosofía de la historia que de acuerdo a Fukuyama nos ha llevado al fin de la historia. Pero debemos recordar que fue Enmanuel Kant en su ensayo *¿Qué es el Iluminismo?* dijo "el Iluminismo es el resurgimiento del hombre de su autoincurrida inmadurez. La inmadurez en la incapacidad de usar nuestro propio entendimiento sin la guía de otro. El motto del Iluminismo es por tanto *sapere aude*, ten coraje para usar tu propio entendimiento."[42] Desafortunadamente de ese mismo motto surgió lo que he denominado el oscurantismo de la razón, o sea el racionalismo cartesiano que postulara que al final la razón era la infalible forma de la verdad. Luego llegó la razón en la historia kantiana apartada de la razón en la mente de los hombres y fue seguida por el proceso dialéctico hegeliano, en el cual la razón per se cerraba la brecha entre la realidad y la racionalidad.

Del otro lado del Canal de la Mancha, un enfoque diferente sobre la validez de la razón dio lugar a una visión opuesta sobre la naturaleza humana. La razón era otro instrumento imperfecto en el difícil camino al conocimiento que es siempre contingente. Tal como dijera Hume: "es de los elementos no racionales de nuestra mente que los hombres son salvador de escepticismo total"[43]. De la misma fuente de superar la inmadurez surgiría un enfoque diferente cuyo motto sería *non sapere aude*. Esto es el reconocimiento de que vivimos en un mundo de incertidumbres y que la falibilidad del hombre es un hecho de la naturaleza y no la carencia de coraje para saber.

La historia reciente durante el siglo XX mostró como estas dos visiones opuestas del mundo se desarrollaron en un antagonismo final entre la libertad y la servidumbre. La filosofía política francogermánica sustentada en el *sapere aude* o lo que yo he llamado el oscurantismo de la razón, dio lugar a las ideologías opresivas del nazismo, fascismo y el marxismo (comunismo). Entre tanto, la democracia liberal prevaleció a través de la filosofía política angloamericana bajo la conciencia de la falibilidad del hombre.

Desafortunadamente el fracaso del comunismo en el imperio soviético de ninguna manera ha determinado la desaparición del marxis-

42 Emmanuel Kant: *Qué es el Iluminismo?*
43 David Hume: *A Treatise on Human Nature*

mo. La social democracia es el marxismo a través de Bernstein en lugar de Lenin. Así, podemos ver que en Europa ahora incluyendo a la propia Gran Bretaña a través del partido laborista, la social democracia y no la democracia liberal es el nuevo nombre del juego. Eduard Bernstein, que debiera ser incluido como uno de los "maestros pensadores", como la *nouvelle droit* llama a los filósofos alemanes, escribió los principales principios de la social democracia. En su *Las precondiciones del socialismo*, Bernstein escribió: "el socialismo fue el heredero legítimo del liberalismo... no hay ningún pensamiento realmente liberal que no pertenezca también a los elementos de las ideas del socialismo."[44] Este es el mayor e-rror de la social democracia porque el socialismo no es el heredero del liberalismo, sino su antítesis, tal como Marx bien lo percibió y lo explicó.

El liberalismo en la filosofía americana es un enfoque ético a la sociedad basado en la percepción de la falibilidad de la naturaleza humana. Es por esta razón que el liberalismo propone los límites al poder político como una salvaguarda de los derechos individuales. En ese sentido la civilización es un proceso de aprendizaje de controlar las más bajas pasiones de la humanidad a través de la justicia y la propiedad. No es la razón en la historia como un proceso fatal de la libertad basado en el mejoramiento de la naturaleza humana. En contraste el socialismo está concebido como el proceso histórico de liberación a fin de superar la escasez. Este es el enfoque marxista que fuera más tarde admitido por Bernstein mismo.

Eso es lo que yo he denominado el sincretismo de la filosofía occidental que se ha desarrollado políticamente en los denominados derechos humanos. Esta divinización de la humanidad ignora la falibilidad del hombre tal como fuera reconocida en el Evangelio. En este proceso los intereses privados son anatematizados y el estado como representante del interés general es convertido en términos hegelianos en la "Divina Idea tal como existe sobre la Tierra."

Este concepto de acuerdo al cual el estado monopoliza la moralidad significa que toda idea de limitación al poder político es descartada. Por la misma razón esta monopolización de la moralidad social por el estado significa el poder omnímodo de la burocracia para vio-

44 Eduard Bernstein: *Las Precondiciones del Socialismo*

lar los derechos individuales a fin de alcanzar la igualdad a través de
los derechos sociales. Por tanto el sincretismo filosófico fue políticamente transformado en la confusión de los derechos individuales, con
sus opuestos, los derechos sociales o privilegios sociales concedidos
por el poder político.

En la lucha por la igualdad a través de la manipulación de los
derechos sociales ha producido el peor error político que al final significa la legitimación de la violencia en nombre de la igualación de
los ingresos. Tal como dijera Karl Popper, "el utopianismo se au-
toderrota y nos lleva a la violencia." Este utopianismo político
proviene de tres fuentes diferentes. La primera es el fanatismo religioso; la segunda es el racionalismo, el cual es lo que he llamado el oscurantismo de la razón, o sea la pretensión de que la razón per se es
igual a verdad. Y el tercero es el romanticismo político que ignora el
dictum de Hume respecto al hecho a que no existe tal cosa como el
amor a la humanidad en la mente de los hombres. El amor es un sentimiento particular y el romanticismo político es la universalización
de tal sentimiento como un imperativo categórico. Podría añadir una
cuarta fuente que es la ignorancia de la gente y la tendencia natural
a la envidia. Esa es la razón por la cual yo he sostenido que la globalización difícilmente pueda tender a un sistema unificado de intereses comunes porque lo que la gente aprende a través de las comunicaciones es precisamente la gran diferencia en riqueza y no sus
determinantes. Poco a poco la confusión europea original entre la
democracia y el socialismo, tal como se desarrollara desde Montesquieu degeneró en el caos político que ha afectado a la democracia
en América Latina.

Tal como había sido brillantemente percibido por Herrera, la
filosofía francesa y la confusión política tal como fuera racionalizada
por los maestros pensadores, ha producido la continua guerra civil
cuyo resultado peor fue la Revolución Cubana. Un libro iluminador
del venezolano Carlos Rangel, *Del buen salvaje al buen revolucionario*,
describe la mitología política que García Márquez denominara realismo mágico. Pero Rangel sabía que nosotros no habíamos inventado

los mitos, sino que los habíamos heredado de Europa, y así escribió: "Los mitos fundamentales de América no son americanos. Son mitos creados por la imaginación europea o vinieron de tan lejos como la antigüedad greco-judea."

En mi opinión Cuba no fue una excepción en América Latina sino el resultado final de esta mitología política que confrontada con la realidad termina en guerra civil. La diferencia es que en Cuba la guerrilla derrotó al ejército, esa fue la circunstancia excepcional. Pero en la realidad no fue así. Hay dos razones que pueden explicar por qué Cuba cayó bajo el comunismo. Primero porque Cuba había disfrutado una muy especial relación económica con los Estados Unidos que la salvó de la pobreza que experimentaron y continúan experimentando otros países latinoamericanos a causa de su ignorancia con respecto a los principales principios de la república que son los derechos individuales. La estupidez era la misma, pero gracias a los americanos, nosotros no pagábamos por ella. Así la principal razón de nuestro apoyo original al antiamericanismo de Castro fue la brecha entre nuestra relativa riqueza y la carencia del conocimiento acerca de las razones que la crearon. Nos creíamos estar por encima de otros países latinoamericanos y por supuesto, presumimos que podíamos desafiar a la civilización más grande que se haya alcanzado en la historia de la humanidad sin costo alguno.

El segundo determinante de este destino fatal fue que el sargento Fulgencio Batista y Saldívar había decapitado al ejército cubano en 1933. Los sargentos pasaron a ser generales y llegaron al poder con el apoyo de los revolucionarios. En 1959 los sargentos le devolvieron el poder a los revolucionarios pensando que iban a participar de él, pero en la realidad perdieron sus cabezas. Los Estados Unidos tuvieron la oportunidad de revertir esta derrota a la civilización occidental, pero la Nueva Frontera con el señor John Fitzgerald Kennedy a la cabeza decidió intercambiar cocodrilos por misiles y extender la frontera rusa al continente, en lo que Paul Johnson definiera como el intento de suicidio americano.

La lección fue aprendida en el resto del continente donde los militares no obstante sus errores fueron la única salvaguarda contra el asalto comunista. Al mismo tiempo que las guerrillas perdían la guerra contra los ejércitos en América Latina, la izquierda bajo la sombrilla de la social democracia europea, está ganando la paz y el populismo parece ser la alternativa al fracaso económico del peyorativamente denominado neoliberalismo. El último es el intento democrático de liberalizar y estabilizar la economía y privatizar las empresas estatales.

Aparentemente, nadie trata de reconocer que la única excepción en América Latina a este fracaso ha sido el caso chileno. En tanto que Castro permanece como el símbolo mismo del antiimperialismo el general Pinochet dificultosamente superó el intento europeo de ponerlo en prisión al mismo tiempo que olvidaban sus propios pecados históricos. Su mayor falta fue que el tuvo éxito mientras que los demás gobiernos militares fracasaron. Su éxito fue tan grande que cambió el curso de la historia para un país donde por primera vez en el mundo el comunismo ganó una elección presidencial. Hoy Chile se ha convertido en el ejemplo para el resto de los países de Latinoamérica. Pero la izquierda nuevamente ha tenido éxito en confundir la mente de la gente asociando a los militares con la derecha y la derecha con el capitalismo en colusión con el imperialismo. En Europa tuvieron éxito en confundir la aristocracia con el capitalismo cuando en la realidad fue a través del capitalismo que la aristocracia perdió el poder. El comercio y el trabajo que son los determinantes de la riqueza reemplazaron a la guerra como el objetivo principal de los estados.

Insistimos, sin embargo, en ignorar que el carácter aristotélico se funda en el presupuesto de la distribución como fundamento de la ética y no en la creación de riqueza. Así volvimos al punto de partida, y los intereses privados se consideran contrarios al llamado bien común. Así, la producción eficiente sería puro materialismo, en tanto que la distribución a través del poder político sería espiritualidad. Hegel está de vuelta y el incremento en los gasto del gobierno es el resultado de ese enfoque ético.

La irrupción de los militares en la arena política de Latinoamérica y la inflación incontrolada fueron considerados los males políticos y económicos que destruyeron el bienestar natural que América Latina merecía. La recuperación de la democracia y la estabilización económica ocurrida durante la década de los ,90, al tiempo que se producía el colapso en América Latina bajo la inestabilidad política y la profunda recesión, ha mostrado la falacia de esa teoría.

El problema político no era el surgimiento militar como tal, así como la inflación no era el problema económico. El surgimiento de los militares y la inflación fueron la consecuencia de un problema ético y político más profundo, que era la inseguridad jurídica. Es decir, la ignorancia del *rule of law*, que es el respeto por los derechos individuales. Desafortunadamente el ejemplo europeo es más y más el mayor problema que enfrenta el mundo, y en particular los países latinoamericanos, que tienden a ser la farsa de la tragedia política europea. En tanto las economías europeas, incluyendo a Francia, Italia y Alemania, están deprimidas bajo el peso del estado benefactor, el proteccionismo es una vez más la principal amenaza a la economía mundial. El socialismo es una forma muy costosa de producción, y el proteccionismo aparece, entonces, como la única sabia y ética alternativa política. Si las economías desarrolladas se encuentran deprimidas bajo la social democracia, no es difícil imaginar que esa receta es un obstáculo mayúsculo al desarrollo.

El fracaso del llamado neoliberalismo no fue la apertura de la economía ni el proceso de privatización, tal como sostiene la izquierda, sino la imposibilidad de controlar los gastos del gobierno unido a la inflexibilidad del sistema laboral. En tanto y en cuanto continuemos creyendo que la distribución es ética, mientras que la creación de riquezas y las ganancias son materialistas, los productores de pobreza siempre obtendrán los votos para permanecer en el poder. El mero atractivo de la distribución de riqueza, es la mayor causa de la desigual distribución de la riqueza, tanto que del empobrecimiento que sobreviene como consecuencia no del capitalismo, sino de la corrupción implícita en el socialismo. Tal como Marx brillantemente explicara en su *Crítica a la Teoría de Estado de Hegel*, los burócratas convierten en intereses generales lo que no es más que su interés particular. Desafortunadamente, la llamada globalización es una falacia, pues como se dijo, las comunicaciones globalizan la información, pero no la formación. El mismo sistema que produce la riqueza que se conoce a través de las comunicaciones, no solamente es ignorado, sino resentido por la mayoría de los países del mundo, y no menos en la Unión Europea, donde prevalece la social democracia.

Es muy importante, entonces, el comprender la naturaleza real del fracaso del llamado neoliberalismo, pues de otra manera, la izquierda tendrá éxito en revertir al populismo y la violencia. Esta lección debe ser aprendida más que ninguno por el FMI, cuyo enfoque dogmático de ajuste y equilibrio de su política fiscal y monetaria ha sido incapaz de dar soluciones e evitar las recientes crisis financieras. Puedo decir entonces que tal como explicara George Gilder en su *Wealth and Poverty* (Riqueza y Pobreza), el gasto del gobierno no es parte del producto, sino que es un factor de producción o en otras palabras, parte del costo de producir. Volviendo a lo básico, la teoría macroeconómica había olvidado que la fuente fundamental de la riqueza es la microeconómica y así dice Gilder: "Más tarde o más temprano los "liberals" americanos, tanto como los laboristas británicos van a descubrir que las restricciones monetarias son una forma maravillosa de destruir al sector privado, dejando al gobierno intacto y ofreciendo pretextos para la nacionalización de la industria. Dado que el gobierno se ha convertido en un factor de producción, la única forma de disminuir su impacto en los precios, es economizándolo tanto como uno economizaría en el uso de la tierra, el trabajo o el capital, y ya fuese reduciendo su tamaño o incrementando su productividad."[45]

Y continúa diciendo: "No es principalmente el déficit fiscal la causa de la inflación. Si el déficit fuese eliminado mediante más altas tasas impositivas ˆy la oferta monetaria quedase constanteˆ el nivel de precios aumentaron en la forma ortodoxa de la ley de costos."[46] Yo agregaría que las tasas de interés también aumentarían y un desequilibrio fundamental se crearía dado que la tasa de interés de mercado sería más alta que la rentabilidad del sector de los negocios, o lo que Keynes denomina la eficiencia marginal del capital.

45 George Gilder: *Wealth and Poverty*

En Argentina hemos experimentado una y otra vez los resultados deletéreos de los intentos de compensar los incrementos en el gasto del gobierno, con impuestos elevados, restricción monetaria y la fijación del tipo de cambio nominal. La última experiencia de la convertibilidad fue peor que otras porque duró más tiempo. Mientras que la inflación es un equilibrante proceso de desequilibrio, la tasa real de interés por encima de la tasa de retorno empresario crea un desequilibrio acumulativo, que finalmente explota y la economía colapsa y termina en una crisis bancaria. El problema es que el utopianismo determina la expansión del gasto público, y la ortodoxia monetaria resulta en el racionalismo dogmático que he denominado el oscurantismo de la razón. Esta simbiosis total de "solidaridad" y racionalismo dogmático, ha sido el cambio de todas las recientes crisis financieras. Hemos reconocido que una vez que no se puede controlar el gasto público, no es posible controlar el tipo de cambio nominal o la oferta monetaria.

7. CONCLUSIONES Y RECOMENDACIONES

De lo que hemos establecido en secciones anteriores es evidente que el problema cubano no es Castro sino el resultado de una ética racionalista que necesariamente nos lleva a la tiranía. O sea, como dijera Tocqueville "se creía que había un amor a la libertad, pero se descubrió que solamente se odiaba al tirano". Yo pienso que esta frase sumariza la confusión que reina en mundo, y en particular entre los intelectuales y no menos entre los economistas.

La caída del Muro de Berlín y la implosión del Imperio Soviético han contribuido a la confusión reinante acerca del nuevo determinismo histórico contenido en la llamada globalización. Este nuevo historicismo fue presentado por Francis Fukuyama en su *El Fin de la Historia* donde interpretando erróneamente a Hegel predijo el fin de la historia como resultado del triunfo final de la democracia liberal sobre el socialismo . De acuerdo a Fukuyama el antagonismo ideológico había terminado en forma contraria a la que previera Marx y así la llamada síntesis socialista habría revertido a la antítesis capitalista. La historia de nuestro tiempo muestra que en la realidad que la caída del Muro de Berlín ha estado lejos de significar el triunfo de la democracia liberal en el mundo. Aún en Europa el sistema político prevaleciente es la democracia, que es el marxismo sin revolución a través del sufragio universal. Otro libro reciente que ha ciertamente contribuido a la confusión respecto a la globalización es *El choque de las civilizaciones* de Samuel Huntington. Su teoría es un reduccionismo que ignora el choque dentro de la llamada civilización occidental y en cierta medida confunde cultura con civilización y reduce la causa del terrorismo a la religión.

La realidad es que las comunicaciones han globalizado la información pero ignoran la formación requerida para alcanzar la altura de la civilización, cual es el reconocimiento de los derechos individuales. Independientemente de la ignorancia universal acerca de las ideas fundamentales de Marx la ética racionalista se entrelaza con el fanatismo religioso del Este. América Latina es evidentemente el campo del oscurantismo racional, donde los derechos individuales son ignorados en favor de los llamados derechos humanos que incluyen los derechos sociales que en la realidad son privilegios concedidos por los gobiernos, ignorando el *rule of law*. La información extendida respecto a las diferencias de riqueza, globaliza el sentimiento de envidia que nos lleva a justificar la violencia y el terrorismo. Castro finalmente morirá, sin duda. Pero el problema que nos lleva a la tiranía permanecerá en tanto y en cuanto aprendamos y enseñemos los principios fundamentales de la regla de derecho como base de una democracia viable y no lo que Madison llamó un "despotismo electivo." En tanto y cuanto la democracia en América Latina continúe ignorando la regla de derecho en favor de la regla de la mayoría, fracasaremos en nuestro propósito de alcanzar libertad y bienestar. La experiencia cubana en la Florida es un ejemplo de lo que puede lograr América

Latina a condición de que aceptemos la regla de derecho. Y el problema que Cuba enfrentará después de Castro no será muy diferente de aquellos que enfrenta América Latina en su conjunto con la excepción de Chile.

La regla de la mayoría basada en la ética racionalista falaz de acuerdo a la cual hay una contradicción a priori entre los intereses privados y el interés general, es la razón de la impunidad de los gobiernos y la inseguridad de los derechos. En la medida que el aumento de la pobreza aumente nuestras economías, el incremento de la envidia producirá más violencia y más terrorismo. Tenemos que reconocer que la pobreza no es un problema económico sino moral, y a menos que enfrentemos al socialismo en términos morales, los socialistas mantendrán la ventaja moral que termina con el poder ilimitado y derechos limitados. Es decir, nos lleva a la opresión y a la real depauperación no a causa del neoliberalismo sino precisamente por su ausencia. La soberanía y la solidaridad han sido los principales instrumentos políticos para alcanzar el poder político en el nombre de la nación o del pueblo. Para derrotarlos es de la mayor importancia el aprender y el predicar la filosofía moral que sustenta a la regla de derecho. En la medida que en este continente continuemos pensando que el sufragio universal es el elemento definitorio de la demo-cracia, olvidando el consejo de Madison respecto a precauciones auxi-liares para controlar al gobierno, no debemos sorprendernos del fracaso de las democracias. Y no olvidemos que el socialismo no es, como pretendiera Bernstein, el heredero del liberalismo sino su antítesis ética.